Sascha Pranschke
# Den Regen lieben
Roman

Weitere Informationen über den Verlag und sein Programm
unter: www.allitera.de

Für Nadja,
die den Regen liebt

Allitera Verlag
Ein Verlag der Buch&media GmbH, München
© 2009 Buch&media GmbH, München
Umschlagbild: fotolia/pmphoto #865789
Herstellung: Books on Demand GmbH, Norderstedt
Printed in Germany
ISBN 978-3-86906-042-2

Wendet keinen Trost an, denn er ist unnütz. Greift nicht zu Überlegungen, sie überzeugen nicht. Seid nicht mit den Melancholikern traurig, eure Traurigkeit würde die ihre unterstützen. Versucht nicht, mit ihnen fröhlich zu sein, es würde sie verletzen. Viel Kaltblütigkeit und, wenn es notwendig ist, Strenge. Eure Vernunft soll ihr Verhaltensmaßstab werden. Eine einzige Saite vibriert noch bei ihnen: die des Schmerzes. Seid mutig genug, sie anzurühren.

François Leuret:
*Fragmens psychologiques sur la folie*

# Unter dunklem Holz

Mein Vater hat ein Greisengesicht. Schon immer. Ich kenne ein Kinderfoto von ihm. Es ist unheimlich, die schmalen Lippen, die hängenden Lider. Einmal sagte er: »Manche Menschen werden nie so alt, wie sie aussehen. Ich bin der Beweis.« Dazu lächelte er. Ich fragte mich, worüber.

Es scheint, als wollte er seine Prophezeiung wahr machen. Deshalb haben sie mich im Internat angerufen. Deshalb fahre ich mit dem Zug durch eine Landschaft, die meine Heimat sein soll. Sie ist mir noch fremder als mein Vater.

Auf der Bank gegenüber sitzt eine Frau. Sie trägt ein hochgeschlossenes Kleid und ein Kopftuch. Ihre Haut ähnelt der Oberfläche von Feldfrüchten oder altem Leder: Sie wirkt fest und zugleich rissig. Ich erinnere mich an die Worte meines Vaters. Wie alt mag die Frau sein?

Neben ihr sitzt ein Junge, vielleicht zehn Jahre alt. Seine Fußspitzen treten gegen meine Sitzbank, ohne Unterbrechung. Ein Rhythmus, so monoton wie das Rattern des Zuges, wie die Landschaft vor dem Fenster: Getreide- und Gemüsefelder, nur selten von Straßen unterbrochen. Abgesehen von seinen Fußtritten sitzt der Junge bewegungslos. Aus zusammengekniffenen Augen starrt er geradeaus. In diesem stummen Starren sind die Leute hier Meister.

Seit unserer Abfahrt in Bremen sieht die Frau haarscharf an mir vorbei. Ihr Blick streift meine Wange. Ich spüre ihn an den Spitzen der feinen Härchen, die dort wachsen. Die unmerklichen Bewegungen ihrer Pupillen genügen nicht, um diesen Blick in meine Augen zu lenken. Ich habe gelernt: Die Augenmuskulatur bewegt sich ununterbrochen. Unser Blick zittert ständig. Stünden unsere Augen eine Sekunde still, könnten die Sehnerven das Licht nicht verkraften. Sie wären überlastet, und wir würden auf der Stelle erblinden. Deshalb zittern unsere Augen. Erst unser Gehirn bringt das verwackelte Bild der Welt zur Ruhe. Letzten Monat habe ich ein Referat über die Leistungen des menschlichen Gehirns gehalten. Ich liebe Biologie.

Die Frau gegenüber scheint das Sehen nicht zu lieben. Als wollte sie mit aller Kraft stillhalten. Als wollte sie ihren Blick verfestigen. Als wollte sie ihre Sehnerven verbrennen, so starrt sie auf das Kunstlederpolster neben meinem Kopf. Als wollte sie lieber erblinden, als mich anzusehen. Ich fühle mich nicht willkommen hier.

Also bleibe ich sitzen, als der Zug in Fleetstedt hält. Es ist der kleinste Bahnhof auf der Strecke, der Aufenthalt wird kaum zwei Minuten dauern. Wenn ich nur einfach warte, nur diese zwei Minuten, bis der Zug wieder anfährt. Dann kann ich weiterfahren, wohin ich will. Nach Bremerhaven zunächst. Und dann auf irgendein Schiff. Ich habe ein wenig Geld. Und auch ich sehe älter aus, als ich bin.

Ich zwinge mich, nicht aus dem Fenster zu sehen. Sicher hält auf dem Bahnsteig jemand nach mir Ausschau. Onkel Schorsch vielleicht oder meine Cousine Hilke. Wenn ich nur konzentriert geradeaus sehe. Wenn ich ihre suchenden Blicke vermeide. Dann werden sie mich hinter dem Fenster nicht entdecken. Ich muss es der Frau gegenüber gleichtun. Ich muss ihren Blick imitieren, auch wenn es meinen Augen schadet. Die Frau steht nun auf und geht wortlos zum Ausgang. Ihren Sohn zieht sie am ausgestreckten Arm hinter sich her. Er streckt mir die Zunge raus.

Ich starre auf das rotbraune Kunstleder. Wie die Haut der Frau ist auch seine Oberfläche fest und doch rissig. Ich drehe mich zur Schiebetür um. Frau und Kind sind nicht mehr zu sehen. Waren sie wirklich da? Vielleicht habe ich so lange auf das Sitzpolster gestarrt, bis Gestalten daraus hervorgetreten sind. Gestalten mit ledrigen, sonnenverbrannten Gesichtern. Ich habe gelernt: Die Wahrnehmung von Reizen ist abhängig von Erfahrungen und der geistigen Verfassung. Das Gehirn entscheidet, welche mögliche Deutung eines Reizes als die wahrscheinlichste angenommen wird. Unser Gehirn allein entscheidet, was wir als Wirklichkeit annehmen, was wir sehen. Ist das Gehirn krank, können auch Fantasiebilder wirklich erscheinen.

Ich sehe aus dem Fester, um nach der Frau und ihrem Sohn Ausschau zu halten. Ich will mich davon überzeugen, keine Halluzinationen zu haben. Ich will mich davon überzeugen, gesund zu sein. Ich hätte es nicht tun sollen. Zwar sehe ich die beiden im Bahnhofsgebäude verschwinden. Doch im gleichen Moment sehe ich noch jemanden: Hannes, meinen Cousin. Und er sieht mich.

Der Schaffner steigt wieder in den Zug. Einarmig hängt er an der geöffneten Tür, die Trillerpfeife im Mund. Ein letzter Blick die Bahnsteigkante entlang. Da sieht er Hannes auf mein Fenster zu rennen. Wie plump er sich bewegt! Wie beim Rennen seine langen Arme vor- und zurückschlenkern! Der Schaffner nimmt die Pfeife wieder aus dem Mund und brüllt Hannes etwas zu. Der ignoriert ihn. Eine große Handfläche schlägt direkt vor meinem Gesicht gegen die Scheibe. Noch einmal brüllt der Schaffner, Hannes solle von der Bahnsteigkante zurücktreten. Ich weiß, er wird es nicht tun. Notfalls würde er dem Zug hinterherlaufen, aufs Trittbrett springen und die Tür aufreißen.

Ich habe gelernt: Hannes ist ein Idiot, aber niemand erfüllt seine Aufträge gewissenhafter als er. Er mag ein zurückgebliebener Stotterer sein, doch er ist ein Vorbild an Pflichtbewusstsein. Während der Weihnachtsferien schickte ihn Onkel Schorsch einmal in den Stall. Er solle die Gans schlachten. Dabei füllte Tante Hella in der Küche schon längst den Braten. Das ist die Art von Scherzen, die meinem Onkel gefällt. Er lacht gern über seinen Sohn. An diesem Abend lachte er nicht. Hannes ging nachmittags raus und kam erst gegen Mitternacht zurück. Seine Latzhose war blutbespritzt. In der Hand hielt er eine riesige, gerupfte Gans. »Die G-G-Gans«, sagte er. Mehr nicht. Niemand bekam je heraus, woher er das Tier hatte.

Es macht keinen Sinn, sitzen zu bleiben. Ich stehe auf, nehme meine Reisetasche und den Rucksack von der Gepäckablage. Ich sage dem rotbraunen Kunstleder, Bremerhaven und den Schiffen Lebewohl und gehe zur Waggontür. Hannes nimmt mir die Sachen ab. Ich kann ihn riechen. Er schwitzt.

»Hallo Cl- ... Clll- ...!« Mein Name hat ihm immer Schwierigkeiten bereitet.

»Hallo Hannes!«, sage ich und steige aus dem Zug.

Der Schaffner pfeift. Hinter mir schlagen die Türen zu. Der Zug fährt an. Hannes lächelt. Ich atme ein und lasse ihn vorgehen, rechts den Rucksack, links die Tasche. Obwohl die Tasche schwerer ist, neigt Hannes' Körper sich nach rechts.

Er ist mit der Kutsche gekommen. Vielleicht glaubt er, mir damit eine Freude zu bereiten. Ich würde lieber mit Onkel Schorschs Volvo fahren. Der Schimmel schnaubt, als er Hannes erkennt. Der ruft ihm etwas zu, das ich nicht verstehe. Über die Schulter sieht er mich an und grinst, vermutlich aufmunternd. Ich mache mir nicht die Mühe, zurück zu lächeln. Ich bin froh, dass Hannes sich darauf beschränkt, mit dem Pferd zu sprechen. Seine Schweigsamkeit erleichtert den Umgang mit ihm.

Auf dem Bahnhofsvorplatz steht die Frau mit der ledrigen Haut. Zum Schutz gegen die Sonne hält sie eine Hand über die Augen. Mit der anderen hält sie eine Hand ihres Sohnes. Als könnte er ihr in dieser Einöde verloren gehen. Sie sieht die Straße entlang. Der Junge hockt daneben auf einer Tasche und scharrt mit den Füßen im Staub. Wie ein Hund an der Leine hängt er am Arm seiner Mutter. Doch sobald er Hannes sieht, reißt er sich los. Er springt auf und rennt ein paar Schritte auf uns zu. Der

teilnahmslose Blick ist aus seinem Gesicht verschwunden. Jetzt grinst er, beugt den Rumpf vor, lässt Schultern und Arme hängen. Er ruft:
»Ha-Hallo Ha-Ha-Han-n-nes!«
Hannes bleibt stehen.
Der Junge rollt mit den Augen. »N-N-Neue F-Freundin?«
Ich sehe zu der Frau hinüber. Ihr Arm weist auf die Tasche, auf der eben noch ihr Sohn saß. Ihr Blick geht weiterhin die Straße entlang, auf der niemand zu sehen ist.
Der Junge beugt sich zur Seite, legt den Kopf in den Nacken und grunzt. Wahrscheinlich imitiert er einen Affen. Seine Laute ähneln eher denen eines Schweins.
Hannes lässt meine Tasche und den Rucksack fallen. Ich höre, wie etwas darin zerbricht. Hannes richtet sich auf und geht auf den Jungen zu. Sofort ist der Kleine wieder bei seiner Mutter, klammert sich an ihren Arm. Die Lederhautfrau dreht sich um und sieht zu uns herüber. Ihr Blick ist ebenso starr geradeaus gerichtet wie vorhin im Zug. Nur geht er diesmal nicht ins Leere. Sie sieht in Hannes' Augen. Der bleibt stehen, zögert und wendet sich schließlich ab. Er hebt meine Sachen wieder auf und wirft sie auf den Pferdewagen.
»Fahren!«, sagt er, ohne zu stottern, ohne mich anzusehen.
Der Hof meiner Großeltern liegt ein paar Kilometer außerhalb von Fleetstedt. Ich nenne ihn noch immer den Hof meiner Großeltern, dabei sind sie längst tot. Ich habe sie nie kennengelernt. Beide sind schon vor meiner Geburt gestorben. »In unserer Familie stirbt man jung«, sagte mein Vater einmal. Schon zu Weihnachten, bei meinem letzten Besuch, sah er schlecht aus. Am Telefon hat Onkel Schorsch gesagt, ich solle mich beeilen. Ich habe das nicht besonders ernst genommen. Wir dachten schon oft, es ginge zu Ende. Leonie hat gesagt, ich hätte Glück:
»Du hast zwei Wochen früher Sommerferien!«
»Ja«, habe ich geantwortet. »Ich würde sie nur lieber an einem anderen Ort verbringen.«
Mein Vater half nur so lange bei der Landwirtschaft, bis er meine Mutter kennenlernte. Sie überzeugte ihn davon, sich Zeit für seine Malerei zu nehmen. Meine Mutter liebte die Ruhe auf dem Land, doch sie hasste die Leute. Sie wollte nicht, dass ich hier aufwachse und zur Schule gehe. Ihre Gagen reichten aus, um das Schulgeld zu bezahlen. Auch nach ihrem Tod war genug da, um auf dem Internat zu bleiben. Seit meinem ersten Schultag lebe ich dort zehn Monate im Jahr.
Nachdem meine Großeltern gestorben waren, übernahm Onkel Schorsch den Hof. Er kommt aus Fleetstedt und ist mit Tante Hella zur Schule ge-

gangen. Im Gegensatz zu meinem Vater scheint Onkel Schorsch überhaupt nicht zu altern. Bei jedem meiner Besuche hat er die gleiche rosige Kinderhaut. Der Junge im Zug hat mich an ihn erinnert. Nicht allein ihre Haut, auch ihre Augen ähneln sich: klein und zusammengekniffen, als würden sie ständig von der Sonne geblendet. Die Augen von Maulwürfen.

Hannes hat Tante Hellas Augen: hellblau und groß, beinahe zu groß. An Hannes erscheint alles ein wenig zu groß geraten. Seit wir vom Bahnhof abgefahren sind, hat er kein Wort zu sprechen versucht. Ich schweige ebenfalls. Ich sehe den winzigen Bewegungen seiner riesigen Hände zu. Mal treibt er den Schimmel an, mal drosselt er seinen Lauf. Doch jedes Kommando besteht aus kaum mehr als der Bewegung eines einzigen Fingers. Wenn Hannes meinen Blick bemerkt und mich ansieht, drehe ich den Kopf zur Seite. Die Hitze flimmert über den Feldern.

Ich ziehe mein Telefon aus der Tasche und schreibe eine SMS an Leonie: *Was soll ich hier? C.*

Ich drücke auf *Senden*.

Das Display teilt mir mit: *Senden fehlgeschlagen.*

Ich probiere es noch zweimal, dann gebe ich es auf. Hannes schielt auf mein Telefon. Ich stecke es ein.

Wir kreuzen den Bach, der sich durch die Felder und den Wald zieht. Der Wald beginnt gleich hinter dem Hof. Dort gibt es einen See. Oft ist er der einzige Ort, der mir meine Besuche erträglich macht. Es gibt im Sommer so viele Mücken am See wie nirgendwo sonst auf der Welt. Doch ich liebe sein kühles Wasser. Die Bäume beschatten beinahe die ganze Oberfläche.

Leider gelingt es mir nur selten, allein dort zu schwimmen. Hilke, meine Cousine, ist mir meistens auf den Fersen. Sobald ich auf dem Hof ankomme, folgt sie mir. Vielleicht betrachtet sie es als ihre Pflicht, mich zu unterhalten. Es hat keinen Zweck, ihr zu sagen, dass ich nicht unterhalten werden will. Sie begreift nicht, warum jemand gern allein ist. So sehr ihr Bruder sich zurückzieht, so sehr drängt Hilke sich auf. Die beiden sind Zwillinge. Zumindest behaupten das ihre Eltern, denn glauben kann man es kaum. Ob Hände oder Augen: Was an Hannes groß ist, ist an Hilke klein. Sie hat die Maulwurfsaugen ihres Vaters.

Wir folgen einer Kurve um einen Ausläufer des Waldes. Eine Reihe hoher Pappeln säumt den Weg. Hannes lässt den Schimmel schneller gehen. Mit jedem Schritt des Pferdes rückt jetzt ein Stückchen mehr vom Hof in unser Blickfeld. Mit jedem Meter, den wir zurücklegen, wächst das rote Dach der Scheune. Bald erkenne ich ihre grauen Wände und das Fachwerk des Wohnhauses. Und davor – aufgereiht wie Spielfiguren, die Gesichter noch kaum zu erkennen – meine Familie.

Unwillkürlich drängt sich das Wort in meinen Kopf: Familie. Sie sollen es nicht sein, doch sie werden es für immer bleiben. Es fühlt sich an, als bewegte nicht ich mich auf sie zu. Es fühlt sich an, als rückten sie mir immer näher. Als schöben sie sich mit jedem Schritt des Pferdes näher an mich heran und wüchsen dabei. Mein Vater ist nicht unter ihnen. Stattdessen Onkel Schorsch, Tante Hella und Hilke, Schulter an Schulter, ein einziges sechsbeiniges Lebewesen. Hilke winkt uns zu, sonst stehen sie starr und blicken ebenso starr geradeaus. Ich kenne diesen unbewegten Blick von der Frau im Zug. Doch, anders als die Frau, sehen sie nicht an mir vorbei. Sie starren direkt in meine Augen. Noch bevor ich ihre Gesichter erkenne, spüre ich ihren gemeinsamen Blick auf mir.

»Clara!«, ruft Hilke, noch immer winkend, kaum dass wir in Hörweite sind. Seit den Weihnachtsferien hat sie sich verändert. Wir sind fast gleichaltrig, sie ist ein paar Monate älter als ich. Doch ihren Babyspeck ist sie erst jetzt losgeworden. Klein ist sie noch immer. Die Hoffnung, jemals über einen Meter und sechzig hinauszuwachsen, muss sie endgültig aufgeben. Aber nicht nur ihr Körper ist dünner. Auch ihr Gesicht sieht schmaler und dadurch erwachsener aus als noch im Winter. Ich muss mir eingestehen, dass sie hübsch ist. Nicht einmal die Maulwurfsaugen können diesen Eindruck verwässern. Sie unterstützen ihn sogar, denn sie verleihen ihrem Blick etwas Freches, Herausforderndes.

Anders als sonst trägt Hilke keine Jeans und irgendein abgetragenes T-Shirt. Sie steht dort in einem engen schwarzen Rock und einer ärmellosen weißen Bluse. Ein wenig erinnert sie mich in diesen Sachen an ein Porträt meiner Mutter. Mein Vater hat es gemalt. Meine Mutter sitzt am Klavier, die Augen geschlossen, den Kopf leicht nach vorn gesenkt. Ihre Hände hält sie unter einer solchen Spannung, dass auf den Handrücken die Sehnen hervortreten. Auf dem Bild trägt auch sie eine ärmellose Bluse und einen schwarzen Rock. Ihren Hals schmückt eine Kette aus blauen Edelsteinen. »Lapislazuli«, erklärte mein Vater mir. Er schenkte ihr die Kette zu meiner Geburt.

Als ich meinen Blick von Hilke löse und Tante Hella und Onkel Schorsch genauer betrachte, begreife ich. Auch meine Tante trägt Rock und Bluse, trotz der Hitze beides schwarz. Mein Onkel ist zwar hemdsärmelig wie immer, doch er trägt sein weißes Hemd. Das ist keines der karierten Arbeitshemden, das ist sein »gutes« Hemd. Er trägt es sonst nur an Heiligabend. Die Familie ist ein Stillleben in Schwarz-Weiß. Nur Hannes bildet wie immer die Ausnahme: Er trägt Latzhose und T-Shirt, anders kenne ich ihn gar nicht.

Als er den Wagen direkt vor ihnen zum Stehen bringt, müssen sie mir nichts erklären. Ich brauche nicht Tante Hellas vom Weinen gerötete Augen. Ich brauche nicht Onkel Schorschs heute noch enger zusammengekniffene Schlitze. Am wenigsten brauche ich Worte, die mir erklären, warum sie ihre Festtagsverkleidung angelegt haben. Ich bin froh, dass mein Onkel seinen Mund hält. Sein stets offener Mund erinnert mich immer an die fordernden Schnäbel von Küken. Ich sehe am Haus hinauf zum Fenster meines Vaters. Sie haben mich zu spät geholt.

Sein Zimmer ist leer. Durch das geöffnete Fenster weht der Sommerwind herein. Die Blumen in der Vase bewegen sich im Luftzug. Auf der Treppe habe ich mich gefragt, wie es in seinem Zimmer riechen würde. Davor habe ich Angst gehabt. Vor einem unbekannten Geruch. Aber weder Bekanntes noch Unbekanntes rieche ich, nachdem ich über die Schwelle getreten bin. Weder seine Ölfarben und Lösungsmittel, noch seinen eigenen Geruch, den Geruch seines toten Körpers. Der Wind hat das Zimmer von all dem gereinigt. Ich stelle mir den Geruch der Verwesung süßlich vor. Das liegt wahrscheinlich an der Zeitrafferaufnahme des Pfirsichs, die ich bei Wikipedia gesehen habe: In nur zehn Sekunden verwandelt sich die saftige Frucht zu einem grau-grünen pelzigen Etwas. Ich habe gelernt: Die Verwesung eines Körpers dauert unter der Erde achtmal länger als unter freiem Himmel. Das liegt am geringen Sauerstoffgehalt und den niedrigen Temperaturen unter der Erde.

Ich drehe mich im Kreis. Ich sehe ein leeres, frisch bezogenes Bett. Ich sehe leere Regale, den geöffneten, leeren Kleiderschrank. Ich sehe ein sauberes Waschbecken mit einem Wasserhahn, so blank, dass er die Nachmittagssonne spiegelt. Ich sehe seine Staffelei, auf der kein Bild mehr steht.

Jemand räuspert sich. Onkel Schorsch steht in der Tür.
»Wo sind seine Sachen?«, frage ich.
»Auf dem Dachboden.«
»Warum?«
Er zögert. »Wir dachten, es würde dir wehtun.«
»Ja. Es tut mir weh.«
Ich sehe ihn an, und für einen Moment schließen sich seine schmalen Augen. In der guten Kleidung wirkt er noch jünger als sonst. Als würde er noch seinen Konfirmationsanzug tragen.
»Wann ist es passiert?«
Wieder zögert er mit der Antwort. »Es ging schnell. Er musste nicht leiden.«
Ich stelle mir sein Gesicht vor. Es sah immer leidend aus. Auch wegen

dieses Gesichts war ich oft froh, wieder ins Internat zu dürfen. Ich will meinen Onkel fragen, ob er wirklich glaubt, mein Vater habe nicht gelitten. Stattdessen frage ich:
»Wann ist die Beerdigung?«
»Morgen.«
»So schnell geht das?«
»Es ist besser. Die Hitze ...«
Noch einmal sehe ich mich um. Erst jetzt bemerke ich, dass die Regale und der offene Schrank nicht nur ausgeräumt sind. Man hat sie auch verschoben. Jedes Möbelstück steht an einem anderen Platz als bei meinem letzten Besuch.
»Hat er selbst sein Zimmer umgeräumt?«
»Nein, du weißt doch, wie er war. Bloß keine Veränderung! Aber nachdem ... Nun ja, deine Tante dachte ...« Er sucht nach Worten.
Ich sage: »Tante Hella dachte, ein bisschen Veränderung würde gut tun?«
»Genau!« Sein Gesicht hellt sich auf, dankbar für die Hilfe. »Uns allen. Und besonders dir!«
»Sind die Blumen auch von ihr?«
»Nein, die hat Hilke gepflückt. Ein bisschen Leben, hat sie gesagt.«
»Nett von Hilke.«
»Jeder tut, was er kann.«
»Davon bin ich überzeugt.« Ich deute auf die leere Staffelei. »Was macht die noch hier?«
»Wir dachten, du hättest sie vielleicht gern.«
Warum gerade die Staffelei, frage ich mich. Warum dieses sperrige Ding, so groß und sperrig, wie er selbst war? Soll ich es in mein Zimmer stellen mit einem seiner Selbstporträts darauf? Ich sehe meinen Onkel an. Sein Konfirmandenblick ist der sicheren Miene des Familienoberhaupts gewichen. Er tritt auf mich zu und legt mir wortlos eine Hand auf die Schulter. Sie ist schwer und warm.
Ich sage: »Ich male nicht.«
Er seufzt und drückt meine Schulter. Es tut ein bisschen weh. »Wenn du sie nicht haben willst ...«
»Ich nehme sie«, sage ich. »Bringt sie in mein Zimmer!« Ich streife seine Hand ab und gehe hinaus.
Auf der Treppe treffe ich Hilke. Wahrscheinlich hat sie die ganze Zeit dort gestanden und unser Gespräch belauscht. Sie schaut mich mit dem gleichen besorgten Ausdruck an wie eben ihr Vater. Ihr Kinn hat sie zur Brust geneigt, während ihre Augen zu mir nach oben schielen. Wie selt-

sam es sich anfühlt, von einem kleineren Menschen so angesehen zu werden. Was ist die Sorge wert, wenn der Besorgte unfähig wirkt, einem zu helfen? »Jeder tut, was er kann«, hat Onkel Schorsch gesagt. Ich bleibe eine Treppenstufe über Hilke stehen und sage, noch bevor sie ein Wort herausbringt:
»Die Blumen brauchen frisches Wasser.«
Dann gehe ich nach unten.
Tante Hella sitzt im Wohnzimmer. In ihrer »Stube«, wie sie den Raum nannte, als sie noch sprach. Ich erinnere mich nicht an diese Zeit. Es war, bevor meine Mutter starb. Irgendwann fragte ich meinen Vater, warum Tante Hella nicht redete.
»Es ist eine Krankheit«, sagte er.
»Wenn sie gesund ist, spricht sie dann wieder?«
»Sie wird vielleicht nicht wieder gesund.«
Ich weiß nicht, was ihr Verstummen verursachte, was mein Vater mit dem Wort »Krankheit« meinte. Heute denke ich kaum noch darüber nach. Ihr Schweigen gehört zu meinem Elternhaus wie der Geruch der Ölfarben. Den hat der Wind durchs Fenster getragen. Es wäre unnatürlich, würde es hier wieder nach Farbe riechen. Ebenso unnatürlich, wie wenn Tante Hella wieder zu sprechen begänne.

Sie sitzt am Fenster, eine Wange im Sonnenlicht, die andere im Schatten. Auf ihren Knien liegt ein aufgeschlagenes Buch. Ich erkenne es. Es ist das einzige Buch, das ich sie jemals habe lesen sehen: die Familienbibel. Sie liest täglich darin. Die Bibel war ein Geschenk zur Hochzeit ihrer Urgroßeltern. Sie ist in Schweinsleder gebunden und mit Kupferstichen illustriert. Die Titel der einzelnen Bücher werden von Ornamenten aus Blattgold umrahmt. Bis die Familie zu ein wenig Wohlstand kam, war die Bibel ihr einziger Reichtum. Meine Großmutter soll sie über den Krieg gerettet haben. Tag und Nacht trug sie das schwere Buch bei sich: unter einem Laken, das sie sich um den Bauch gewickelt hatte. Mein Vater sagte: »Damals ließ unsere Mutter nichts und niemanden näher an sich heran.«

Tante Hella bemerkt mich, sobald ich die Stube betrete. Sie sieht von dem vergilbten Papier auf und lächelt. Bevor sie die Bibel zuklappt, legt sie eine Taubenfeder zwischen die Seiten. Die ganze Zeit sieht sie mich an. Als wollte sie sagen, ich solle mich zu ihr setzen. Sie könnte es auch mit einer Handbewegung andeuten, doch das ist nicht nötig. Ich habe es nie vermisst, sie sprechen zu hören. Ich weiß nicht, ob es den anderen genauso geht. Ich weiß immer, was Tante Hella von mir will. Ich verstehe, was sie sagen würde, wenn sie sprechen könnte. Obwohl wir uns nur zweimal im

Jahr für ein paar Wochen sehen. Und obwohl ich ihr dann oft aus dem Weg gehe. Denn ich habe gelernt: Es ist unheimlich, wenn jemand auf etwas so Wichtiges wie das Sprechen verzichten kann. Manchmal glaube ich, meine Tante weiß mehr als die anderen. Und dass sie ihr Wissen absichtlich nicht verrät. Vielleicht steigert das Schweigen ja ihre Intelligenz, weil sie schweigend alle Informationen in sich verwahrt. Vielleicht verlieren wir, die Sprechenden, einen Teil unseres Wissens, indem wir es preisgeben.

Jetzt bin ich froh, meine Tante zu sehen. Besonders ihre Augen, diese großen hellen Seen. Nach den Maulwurfsschlitzen ihres Mannes und ihrer Tochter sind sie eine Erleichterung. Ich setze mich ans Fenster und bin für eine Weile so stumm wie sie. Sie sieht hinaus, als wollte sie mein Schweigen nicht durch Blicke stören. Schließlich weiß niemand die Stille so zu schätzen wie sie. Doch damit liege ich vielleicht auch falsch. Vielleicht wünscht sie sich nichts sehnlicher, als einmal laut zu schreien. Ist das nicht das Wahrscheinlichste?

Von der Seite betrachte ich ihre hellblauen, vom Lesen schwachen Augen. Sie verraten nichts darüber. Mir wird bewusst, dass ich sie anstarre. Genau wie die anderen mich bei meiner Ankunft angestarrt haben. Das macht mir Angst. Ich fürchte, nach kaum einer Stunde hier bereits den Blick der Einheimischen zu entwickeln: den starren Blick, der mir zuerst im Zug aufgefallen ist. Rasch drehe ich meinen Kopf zur Seite und sehe aus dem Fenster.

Draußen liegt die Wiese. Das Pferd grast darauf. Hannes hat dem Schimmel das Zaumzeug abgenommen. Es ist ein altes Pferd, ich kann mich an kein anderes erinnern. Ebenso wenig fällt mir sein Name ein. Möglich, dass der Schimmel keinen Namen hat. Ich erinnere mich an einen schwarzen Hund, der an einer Kette vor dem Haus lag. Alle nannten ihn immer nur den Hund.

Die Wiese ist rechteckig, über einen Hektar groß und vollständig umzäunt. Das Haus steht an einer der beiden schmalen Seiten. An der gegenüberliegenden Seite entdecke ich Hannes. Er bessert den Zaun aus. Dahinter beginnt der Wald.

Es fällt mir schwer, nicht meine Erinnerung nach dem Namen des Schimmels zu durchsuchen. Es fällt mir schwer, nicht an Tante Hella und ihr Schweigen zu denken. Es fällt mir schwer, nicht zu überlegen, warum sie so oft in der Bibel liest. Es fällt mir schwer, nicht an das Laken um den Bauch meiner Großmutter zu denken. Es fällt mir schwer, nicht an all diese Dinge zu denken, weil sie mich ablenken. Sie lenken mich ab von der Frage, die in meinem Hinterkopf lauert. Seitdem ich das Zimmer meines Vaters betreten habe, frage ich mich: Warum weine ich nicht um ihn?

Vor Tante Hella brauche ich mich nicht zu schämen. Niemand verstünde besser, wenn ich jetzt in Tränen ausbräche. Immerhin war er ihr Bruder. Außerdem ist es mir egal, was sie von mir denkt. Es ist mir egal, was alle hier von mir denken. Ich werde mich für nichts schämen. Trotzdem weine ich nicht. Obwohl er mein Vater war, kannte ich ihn nicht gut. Aber ich bin doch traurig über seinen Tod. Warum weine ich also nicht?

Drüben am Waldrand erkenne ich Gesine. Sie kommt aus Fleetstedt und ist das Mädchen für alles: für die Küche, für das Feld, für die Scheune, ich weiß nicht, wofür noch. Seit drei oder vier Jahren ist sie auf dem Hof. Hannes unterbricht seine Arbeit und nimmt ihr ein kleines Paket aus den Händen. Wahrscheinlich hat Gesine ihm etwas zu essen gebracht. Hannes bleibt oft draußen, wenn alle anderen sich zu den Mahlzeiten in der Küche versammeln.

Als wäre Gesines Erscheinen ein Signal, steht Tante Hella jetzt auf. Ich spüre ihren Blick auf mir. Ich sehe sie an und weiß, was sie mir sagen will: Es reicht, jetzt ist Essenszeit. Tante Hella ist einfühlsam und zugleich praktisch veranlagt. Es gibt eine Zeit, um aus dem Fenster zu sehen. Es gibt eine Zeit, um in der Bibel zu lesen. Und es gibt eine Zeit, um zu essen. Alles hat feste Zeiten auf dem Hof.

Das Einhalten dieser Zeiten war meinem Vater noch wichtiger als seiner Schwester. Er wurde selten böse mit mir. Doch es machte ihn rasend, wenn ich zu spät zum Essen kam. Bei meinen letzten Besuchen steigerte sich dieser Wahn noch. Je weiter seine Depression voranschritt, desto wichtiger wurde ihm sein Zeitplan. Verstieß ich dagegen, strafte er mich durch Nichtbeachtung. Er sprach dann einfach nicht mehr mit mir. Den ganzen Tag blieb er stumm, als wollte er seiner Schwester nacheifern. Ich fand das albern von ihm.

Ich sehe in Tante Hellas Augen, die den Augen meines Vaters gleichen. Sie will mich zum Abendessen bewegen, und ich tue ihr den Gefallen. Ich stehe auf und folge ihr in die Küche, obwohl ich keinen Hunger habe. Vielleicht kann ich damit meinem Vater einen letzten Gefallen tun. Ich nehme mir vor, von nun an stets pünktlich am Tisch zu sitzen. Mehr kann ich nicht tun, solange es mir nicht gelingt, um ihn zu weinen.

Ich werde seine Leiche nicht mehr sehen. »Die Hitze …«, sagt Onkel Schorsch. Ich tue, als verstünde ich, warum alles so schnell gehen muss. Ich denke an die achtfache Geschwindigkeit der Verwesung über der Erde. Am nächsten Tag, bei der Beerdigung, sehe ich nur noch das dunkle Holz. Darunter liegt er angeblich. Ich bin mir nicht sicher, ob ich das glauben soll. Sie können mir doch erzählen, was sie wollen. Ich kann den Sarg schließlich nicht öffnen. Vielleicht ist er einfach abgehauen. Vielleicht wollen sie mir nur nicht erzählen, dass er mich nun endgültig allein lässt. Darüber denke ich nach, als wir dem offenen Mercedes-Kombi folgen. Von der offenen Kapellentür zum offenen Grab. Das ist die weiteste Öffnung von allen: Ein ganzes Leben passt dort hinein.

Wir stehen am Rand der Grube. Der Pastor murmelt etwas, das ich nicht verstehe. Doch es klingt schön, weil er so ruhig spricht. Währenddessen lassen sechs Gestalten in Schwarz den Sarg an dicken Tauen hinunter. Zwei von ihnen sind mein Onkel und mein Cousin. Onkel Schorsch hat darauf bestanden, »mit anzupacken«. Heute trägt er sogar ein Jackett. Ich sehe den Schweiß auf seiner Stirn glänzen. In einem Punkt hat er recht gehabt: Die Hitze ist unerträglich. Ich wünschte, es würde regnen. Alle anderen sehnen sicher das Ende der Zeremonie herbei.

Viele sind nicht gekommen. Mein Vater verließ den Hof kaum und pflegte keine Bekanntschaften. Die wenigen vertrauten Gesichter gehören Arbeitern vom Hof. Hinter den drei oder vier unbekannten vermute ich Käufer seiner Bilder. Allen läuft der Schweiß in die Kragen. Sie können ihn nicht abwischen, denn man muss die Hände gefaltet halten. Ich freue mich über diese Tortur. Zwar schwitze ich selbst, doch ich finde, diese Leute schulden meinem Vater etwas. Vielleicht ist das ungerecht. Vielleicht haben sie nie ein böses Wort über ihn verloren. Vielleicht haben sie ihn sogar geschätzt. Doch das ist mir egal. Jemand muss bezahlen. Ich weiß nicht wer, ich weiß nicht was und ich weiß nicht wofür. Nur, dass es sein muss.

Die Stimme des Pastors senkt sich. Er kommt zum Ende. Die Tauenden in den Händen der Männer werden immer kürzer. Gleich wird der Sarg auf zwei Balken aufsetzen. Dort unten gelangt die stechende Sonne nicht hin. Mein Vater allein hat es heute kühl. Ich gönne es ihm, er sollte es genießen. Ich frage mich, wie lange er ungestört bleiben wird. Wie lange benötigen Ameisen, Speckkäfer und Fadenwürmer, um durch das Eichenholz zu ihm zu gelangen? Wie weit ist die Arbeit von Bakterien und Pilzen bereits jetzt fortgeschritten? Ich habe gelernt: Man nennt sie Reduzenten, Zersetzer. Ich erinnere mich gut an die Biologiestunde, in der wir über sie sprachen. Man unterscheidet Mineralisierer und Abfallfresser. Sie verwandeln meinen Vater in Wasser, Kohlenstoffdioxid und Mineralstoffe. Mehr bleibt nicht übrig.

Der Pastor klappt sein Gebetbuch zu. Die Männer ziehen die Taue aus der Grube. Hannes gerät dabei ins Stolpern. Sein rechter Fuß rutscht von der Matte aus Kunstrasen, die das Loch umrandet. Hannes kippt über die Kante. Ein gemeinsames Einsaugen von Luft durch Zahnreihen ist zu hören. Im letzten Moment fängt Onkel Schorsch seinen Sohn von der anderen Seite ab. Für einen Augenblick lehnen sie über dem Grab aneinander. Die anderen Sargträger stehen rat- und hilflos daneben. Jemand murmelt ein Gebet. Der Pastor streckt seine Hand nach ihnen aus. Doch er steht zu weit entfernt, um sie zu erreichen. Ich sehe, wie Tante Hellas Lippen sich schnell bewegen, als stammelte auch sie ein Gebet. Ich sehe, wie Hilke die Hände vors Gesicht schlägt.

Mit einem Stoß der Handflächen vor die Brust des anderen trennen sich Vater und Sohn. Eine Sekunde später stehen beide wieder sicher auf den Kunstrasenmatten, jeder auf seiner Seite. Hilke nimmt die Hände herunter. Tante Hellas Lippen beruhigen sich. Niemand verliert ein Wort.

Ich muss mir das Grinsen verkneifen. Gleichzeitig bin ich enttäuscht. Ich wünschte, einer der beiden wäre gefallen. Oder besser noch beide zusammen. Darüber würde niemand schweigen, außer Tante Hella und vielleicht dem Pastor. Es wäre der Dorfklatsch des Jahres: wie der schwachköpfige Hannes mit seinem Vater ins offene Grab gefallen ist! Noch Jahre später würde man darüber lachen. Für Hannes wäre es nicht so schlimm, der wird ohnehin bei jeder Gelegenheit gehänselt. Onkel Schorsch aber müsste sich die Geschichte bis an sein Lebensende anhören.

Ich male mir aus, wie die ganze Familie nicht mehr nach Fleetstedt fahren kann. Denn beim Gedanken an den Sturz ins Grab stiehlt sich ein Grinsen in jedes Gesicht. Und in diesem Augenblick begreife ich, was ich von ihnen, von meiner Familie will: Sie sollen leiden.

Sie sollen leiden, wie mein Vater sein Leben lang gelitten hat. Ich weiß nicht, warum er gelitten hat. Ich weiß auch nicht, wofür sie mit ihrem Leid bezahlen sollen. Ich weiß nur, dass nun sie an der Reihe sind. Ich betrachte ihre vom Schreck erholten Gesichter, eines nach dem anderen.

# Unterm Spinnennetz

Am nächsten Tag fährt Onkel Schorsch nach Oldenburg zum Notar und zum Gericht. Er sagt, er werde mir genau berichten, was mein Vater in seinem Testament verfügt habe. Bevor er in seinen Volvo steigt, drückt er meine Schultern. Ich sehe ihm nach, bis die Staubwolke, die der Wagen hinterlässt, verschwunden ist.

Es ist so trocken, dass sogar die Pappeln am Wegrand ihre Blätter hängen lassen. Ich habe Hannes gefragt, wann es hier zuletzt geregnet hat.

»Kein Regen.« Er hat mit dem Kopf geschüttelt. »M-M-Morgentau.«

Jetzt ist Hannes mit den Arbeitern auf dem Feld. Sie installieren eine Bewässerungsanlage.

Ich will auch arbeiten, ich brauche eine Beschäftigung. Ich gehe in mein Zimmer und entdecke das Telefon auf dem Fußboden. Gestern Nacht bekam ich eine SMS von Leonie:

*Du Arme! Aber hier ist es auch langweilig. Wie geht es deinem Vater?*

Ich drückte sofort auf *Anrufen*. Aber da gab es schon wieder keinen Empfang mehr. Ich tippte:

*Er ist tot.*

*Senden fehlgeschlagen. Wiederholen?*

Ich drückte *Nein*, löschte die drei Wörter und tippte: *Ich will zurück zu euch.*

*Senden fehlgeschlagen. Wiederholen?*

Ich warf das Telefon gegen die Wand.

Jetzt hebe ich es auf. Das Display funktioniert noch, doch der Akku ist fast leer. In meiner Reisetasche beginne ich, nach dem Ladegerät zu suchen.

Ich habe mir noch nicht die Mühe gemacht, die Tasche auszupacken. Bisher habe ich nur den Reißverschluss geöffnet und blind saubere Unterwäsche herausgezogen. Für die Beerdigung hat mir Hilke einen schwarzen Rock und eine weiße Bluse geliehen. Ich besitze keine solchen Sachen. Hilke scheint sich während der vergangenen Monate einen Vorrat davon angelegt zu haben. Auch heute läuft sie wieder in ärmelloser Bluse und engem Rock herum.

Ich sitze auf dem Fußboden und ziehe Hosen, T-Shirts und Unterwäsche aus meiner Tasche. All das werfe ich über die Schulter auf mein Bett.

»Clara?«

Hilke steht hinter mir in der Tür. In der Hand hält sie einen Strauß bunter Blumen.

»Was ist?«

»Ich hab dir ein paar Blumen mitgebracht.«

»Das sehe ich.«

Sie verlagert ihr Gewicht von einem Bein auf das andere. »Darf ich reinkommen?«

Anstatt zu antworten, ziehe ich weitere Sachen aus der Tasche: Unterhosen und einen schwarzen BH. Hilke versteht das als ein Ja. Von meiner Kommode nimmt sie eine leere Vase, füllt sie am Waschbecken mit Wasser und stellt die Blumen hinein.

»Magst du keine Blumen?«, fragt sie und setzt sich neben mich auf den Fußboden.

»Sie sind schön.«

»Ich hab sie selbst gepflückt.«

Ich werde mich trotzdem nicht bedanken, denke ich und werfe den BH in Richtung Bett. Er landet kurz davor auf Hilkes Oberschenkel.

»Du trägst so schöne Sachen«, sagt sie.

»Du auch.«

Sie wird rot. »Ach, das!« Mit einer Hand streicht sie ihre Bluse glatt, mit der anderen spielt sie an dem schwarzen BH herum. »Ich hab bloß keine Lust mehr auf Jeans und T-Shirts. Ich bin doch kein Kind mehr!«

Ich stehe auf und nehme ihr den BH aus der Hand. Zusammen mit meiner übrigen Unterwäsche lege ich ihn in eine Schublade der Kommode. Hilkes Augen folgen meinen Bewegungen. Sie nestelt an ihrem Rocksaum herum.

»Erinnert mich ein bisschen an die Sachen meiner Mutter, was du da trägst«, sage ich.

»Deine Mutter war eine elegante Frau.«

»Du kannst dich an sie erinnern?«

Sie nickt.

»Merkwürdig. Mir selbst fällt es schwer. Du bist doch kaum älter als ich.«

Hilke zuckt mit den Schultern. »Kann ich dir helfen?«, fragt sie.

Außer meiner Unterwäsche habe ich bisher nichts eingeräumt. Der Rest liegt als bunter Haufen auf und neben dem Bett. Ich sage: »Nein. Lass mich allein!«

Sie ist schon durch die Tür, als ich sie noch einmal zurückrufe.
»Sag mal, wo kann ich denn eine E-Mail schreiben?«
»Tut mir leid«, sagt Hilke. »Wir haben immer noch keinen Internetzugang.«
»Das ist nicht dein Ernst, oder?«
Sie lächelt entschuldigend. »Mir geht's auch auf die Nerven. Mein Vater verschiebt den Anschluss von einem Monat auf den nächsten.«
»Seit drei Tagen versuche ich, meine Freundin im Internat zu erreichen. Aber mein Handy findet hier kein Netz!«
»In der Stube steht doch unser Telefon.«
Und daneben sitzt deine Mutter, denke ich und sage: »Danke, super Tipp!«
Als sie draußen ist, packe ich meinen Rucksack aus. Seitdem ich hier bin, habe ich ihn nicht geöffnet. Es sind Bücher darin, vor allem über Biologie, außerdem mein einziges gerahmtes Foto. Es ist eine Pressefotografie meiner Mutter, aufgenommen, als sie kaum älter war als ich jetzt. Schon damals erregte sie das Interesse der Medien. Das Foto ähnelt dem Gemälde meines Vaters: Sie sitzt am Flügel, aber sie spielt nicht. Ihre Hände liegen im Schoß. Ihr Blick ist auf den Fotografen gerichtet. Das Haar trägt sie offen. Es scheint schwarz oder dunkelbraun zu sein, doch das liegt nur an der Schwarz-Weiß-Aufnahme. In Wirklichkeit war ihr Haar rot.

Ich grabe mich mit der Hand durch die Biologiebücher. Das gerahmte Bild muss ganz unten auf dem Boden des Rucksacks liegen. Als ich glaube, Messing und Glas ertastet zu haben, zuckt meine Hand zurück. Ich blute. Ein Schnitt zieht sich quer über Mittel- und Ringfinger. Ich hebe eines der T-Shirts vom Boden auf und wickle es um meine Hand. Mit der anderen Hand nehme ich die Bücher aus dem Rucksack. Als ich auch den Bilderrahmen herausziehe, sehe ich, dass er zerbrochen ist. Sowohl das Glas als auch der Rahmen. An den Scherben klebt mein Blut. Es ist nicht viel, doch es hat ausgereicht, um die Schwarz-Weiß-Aufnahme meiner Mutter zu besudeln. Zwei oder drei Tropfen nur – die aber kleben an der richtigen Stelle: Meine Mutter hat wieder rotes Haar.

Vorsichtig entferne ich die Scherben und ziehe das Bild aus dem zerbrochenen Rahmen. Das Blut ist noch feucht, es wird sich leicht abwaschen lassen. Ich gehe zum Waschbecken, halte das T-Shirt, das meine Blutung stoppen soll, unter den Wasserhahn. Als ich das Foto noch einmal ansehe, entscheide ich mich anders. Es ist nicht exakt der richtige Farbton. Außerdem ist neben ihrem Haar ein wenig vom Gesicht und vom Hintergrund befleckt. Trotzdem will ich das Blut nicht mehr abwaschen. Zum Trocknen lege ich das Foto auf die Fensterbank.

Ich bemerke einen Riss. Ein kleiner Riss am Rand des Fotos, kaum länger als der Schnitt auf meinem Mittelfinger. Aber ein Riss ist es doch. Das Foto ist beschädigt.

Hannes.

Als er am Bahnhof auf den Jungen zu gegangen ist, hat er den Rucksack fallen lassen. Ich erinnere mich an das Geräusch von etwas Zerbrechendem.

Hannes, denke ich.

Ich finde ihn im Wald. Auf dem Feld haben die Männer ihre Arbeit an der Bewässerungsanlage unterbrochen. Mittags ist es in der Sonne kaum auszuhalten. Hannes geht schon lange nicht mehr zur Schule. Er wird auf dem Hof bleiben und arbeiten, bis er ein alter Mann ist. Hilke hat gerade die Realschule abgeschlossen. Eine Klasse hat sie wiederholt. Am Ende des Sommers will sie in Fleetstedt eine Ausbildung beginnen. Ich weiß nicht, für welchen Beruf sie sich entschieden hat. Ich habe nicht nachgefragt.

Im Wald ist es beinahe kühl. Ich genieße den Schatten. Allerdings attackieren mich zahllose Mücken, kaum dass ich unter die Bäume trete. Ich fluche und schlage auf meine nackten Arme und Beine. Die zerquetschten Mückenkörper hinterlassen Flecken meines eigenen Blutes. Die meisten verfehle ich.

Plötzlich höre ich eine Stimme. Ich drehe mich im Kreis und sehe niemanden. Ich zerschlage noch eine Mücke auf meiner Wange, da höre ich die Stimme wieder. Sie ist über mir.

»M-Mücken!«

Hannes schaut vom Hochsitz herunter. Von dort schießt sonst sein Vater auf Rehe und Wildschweine. Hannes grinst.

»Ja, Scheißmücken! Was ist daran so lustig?«

Er antwortet nicht und grinst weiter.

Ich greife nach den Sprossen der Leiter. Sie sehen morsch aus. Hannes streckt mir seine Hand entgegen. Ich lasse sie ins Leere greifen.

»Ich schaff das schon«, sage ich.

Oben ist es so niedrig, dass ich mit dem Kopf ans Dach stoße. In einer Ecke hat eine Spinne ihr Netz gesponnen. Ich ziehe den Kopf ein und setze mich auf die Bank an der rechten Seite. Hannes, einen Kopf größer als ich, kniet auf dem Boden. Er grinst nicht mehr. Er starrt mich an. Beim Klettern ist mein T-Shirt verrutscht und lässt meine linke Schulter und mein Schlüsselbein frei. Ich ziehe es zurück.

»Was machst du hier oben?«, frage ich.

Er wendet seinen Blick ab und sieht zur Decke. Für einen Moment trennen sich seine Lippen voneinander. Dann sagt er doch nichts.

Normalerweise bin ich dankbar für seine Schweigsamkeit. Manchmal geht sie mir aber auch auf die Nerven. Warum schämt er sich überhaupt noch für sein Stottern? Es machen sich doch ohnehin alle über ihn lustig. Sogar sein Vater macht Witze über ihn. Kann es ihm da nicht langsam egal sein? Kann er mir da nicht ausnahmsweise mal antworten?

»Hältst du Ausschau nach Wild?«, frage ich.

Er schüttelt den Kopf.

Ich frage mich, wie es in diesem Kopf aussieht. Ich habe gelernt: Ein durchschnittliches Gehirn wiegt etwa eineinhalb Kilogramm. Wie viel mag die grau-weiße Masse unter Hannes' Schädeldecke wiegen? Nach der Größe seines Kopfes zu urteilen, müsste sie überdurchschnittlich schwer sein. Sonst spricht nicht allzu viel dafür. Es gibt vier Hohlräume im menschlichen Gehirn. In der Antike vermutete man, gerade diese Hohlräume seien die Orte des geistigen Vermögens. Heute weiß man: Das Umgekehrte ist der Fall. Allein die Großhirnrinde ermöglicht logisches Denken. Sie ist der Sitz der Intelligenz. Ich frage mich, wie viel Platz die vier Hohlräume in Hannes' Gehirn beanspruchen.

Ich bin hier, weil ich etwas von ihm will. Deshalb fällt es mir schwer, nun ebenfalls zu schweigen. Aber ich möchte mich nicht vor ihm erniedrigen. Ich finde es nämlich erniedrigend, immer die Fragende zu sein. Besonders, wenn man keine Antwort bekommt. Zwar kniet Hannes vor mir auf dem Holzfußboden wie ein Untertan vor seiner Königin. Doch beinahe komme *ich* mir wie eine Bittstellerin vor, die ein Wort von *ihm* erbittet.

Ich schweige und beobachte Hannes. Er sieht noch immer zur Decke hinauf. Minutenlang sitzen wir so, und während dieser Zeit bewegt er sich nicht einen Zentimeter. Sein Haar fällt ihm strähnig in den Nacken. Selbst hier im Schatten leuchten seine großen Augen. Das Zucken seiner Lider ist die einzige wahrnehmbare Bewegung seines Körpers. Dieses Zucken und das Pulsieren seines Blutes in den Schläfen. Die Adern treten dort dick hervor. Nach einer Weile verstehe ich den Rhythmus, in dem sein Herz das Blut dort hindurch pumpt. Ich fühle diesen Rhythmus, so wie man den Rhythmus eines Musikstückes fühlt. Ein immer gleichbleibendes Motiv, dessen Monotonie beinahe hypnotisch wirkt. Ich frage mich, ob Hannes selbst längst davon hypnotisiert ist. Ist das der Grund seiner Ruhe?

Ich weiß nicht, wie lange wir so sitzen: mein Blick auf seine Schläfe gerichtet, er auf Knien, den Kopf in den Nacken gelegt. Ich muss wie in Trance sein, denn als Hannes plötzlich spricht, erschrecke ich.

»Spinne«, sagte er. Nur dieses eine Wort. Ohne zu stottern.

Ich folge seinem Blick. Es ist dieselbe Spinne, die ich schon bei meiner Ankunft bemerkt hatte. Sie sitzt auch noch an genau derselben Stelle am Rand ihres Netzes. Ein seltsames Trio müssen wir in den vergangenen Minuten abgegeben haben: Hannes und ich so bewegungslos wie die Spinne.

Plötzlich ärgere ich mich. Ich bin hierher gekommen, weil ich etwas von diesem Idioten will. Stattdessen sitze ich stumm da und starre ihn an. Wieder bekomme ich Angst, mir den Blick der Menschen hier anzugewöhnen, ihr stummes, ausdrucksloses Starren. Nach kaum drei Tagen beginnt meine Verwandlung in etwas, das ich nie sein wollte. Davor wollte meine Mutter mich schützen, als sie mich aufs Internat schickte.

Wie nach einem langen Schlaf strecke ich mich. Meine Fingerspitzen berühren die Decke. Ich sehe viele neue Mückenstiche. Während meiner Trance habe ich nicht bemerkt, wie sie über mich hergefallen sind. Mein Ärger wächst. Die Stiche, das Starren, das Bild meiner Mutter – alles ist nur seine Schuld.

»Hannes!«, sage ich. Ich spreche absichtlich laut. Doch anders als ich, erschrickt er nicht beim Klang einer Stimme. Er sieht weiterhin die Spinne an.

»Verdammt, sieh mich an!«

Langsam wendet er mir sein Gesicht zu. Er lächelt. Die Betrachtung der Spinne scheint ihn tief befriedigt zu haben. Selten habe ich ein derart zufriedenes Gesicht gesehen.

»Du schuldest mir etwas.«

Er legt seinen Kopf schief wie ein lauschendes Tier.

Ich ziehe das Bild aus meiner Hosentasche. Das Blut ist getrocknet. Hannes wirft einen Blick auf die Frau mit dem roten Haar. Der Blutfleck scheint ihn nicht zu irritieren. Er sieht das Foto eine Weile lang an und hebt dann wieder den Kopf. Noch immer hat er diesen Tierblick, ohne dabei bedrohlich zu wirken. Es ist ein fragender Blick.

Ich deute auf den eingerissenen Rand. »Das warst du«, sage ich.

Er sieht kurz das Bild an und dann wieder mich.

»Am Bahnhof. Du hast meinen Rucksack fallen lassen.«

Er runzelt die Stirn.

Es würde keinen Unterschied machen, ein Gespräch mit Tante Hella zu versuchen. Bei ihr ahne ich wenigstens, was ihre Blicke bedeuten. Hannes scheint überhaupt nicht zu begreifen, dass dieses Bild mir etwas bedeutet.

»Weißt du, wer das ist?«, frage ich.

Ohne noch einmal auf das Bild zu sehen, öffnet er endlich den Mund.

»Hilke«, sagt er.

»Was?«

Er wiederholt: »Hilke.«

»Jetzt reicht's!« Ich stehe auf und stoße mir den Kopf an der Decke.

»Autsch!«, sagt Hannes.

»Sei ruhig, du Scheißidiot!« Ich lasse mich wieder auf die Bank fallen und reibe meinen Kopf. »Dort auf dem Foto, das ist nicht deine verdammte Schwester! Hörst du mich? Das ist meine Mutter! Und du hast das Bild kaputt gemacht! Siehst du hier den Riss? Das warst du! Und siehst du das hier?« Ich zeige ihm die bepflasterten Schnittwunden an meinen Fingern. »Daran bist auch du schuld!«

»Ich w-wollte n-n-nicht ...«

»Ist mir egal, ob du es wolltest. Du hast es getan. Das allein zählt.«

»Ich kann es k-kleben.«

»Du? Du kannst gar nichts! Hör zu, du wirst dieses Bild nicht anfassen! Und du wirst auch nie wieder sagen, das wäre deine kleinwüchsige Schwester, verstehst du? Denn die hat wirklich gar nichts mit meiner Mutter gemeinsam! Verstehst du mich?«

Er nickt.

»Aber du wirst etwas anderes für mich tun. Dieses Bild hat mir immer viel bedeutet. Für mich ist es kostbar. Du weißt schon, *kostbar*, wie ein Schatz.«

»Schatz«, wiederholt er.

»Und deshalb wirst du mir einen anderen Schatz bringen. Als Ersatz.«

»Ersatz-sch-schatz.«

»Hör auf zu wiederholen, was ich sage!«

Ich genieße es. Er kniet vor mir, und ich genieße es, wie ich selten etwas genossen habe. Ich fühle mich großartig.

»Die Bibel«, sage ich.

Er sieht mich verständnislos an.

»Das Buch, in dem deine Mutter immer liest. Ich will es haben.«

Hannes schüttelt den Kopf. »Geht nicht«, sagt er.

»Doch, es geht. Du weißt, wo es liegt.«

»Es ist ihr B-Buch.«

»Und es war mein Foto!« Ich könnte ewig so weitermachen. Er sieht so hilflos aus. Marc hat Leonie und mir mal einen Film auf Youtube gezeigt. Das war, kurz bevor er vom Internat geflogen ist. Er hat den Film mit seinem Handy aufgenommen. Darauf waren seine Kumpels zu sehen, wie sie einen Jungen aus der neunten Klasse abziehen. Sie nehmen ihm Jacke,

Geld und Telefon ab. Dabei beschimpfen sie ihn und machen Bemerkungen über seine Schwester. Der Junge weint. Ich weiß nicht, warum Marc uns damals das Video gezeigt hat. Ich fand ihn und seine Freunde feige. Leonie hat gesagt, er soll den Scheiß jemand anders zeigen. Jetzt ahne ich, wie sich das für Marc und seine Freunde angefühlt hat.
»Du schuldest es mir«, sage ich.
Er sieht auf den Fußboden.
»Es ist deine Pflicht, Hannes!«
Ich sehe, wie die Adern an seinen Schläfen noch stärker hervortreten. Sein Puls scheint sich verdoppelt zu haben. Das Blut hämmert von innen gegen die Haut. Auch mein Herz klopft schneller. Es klopft so laut, dass ich meine, Hannes müsste es hören. Als er wieder zu mir herauf sieht, bin ich mir sicher, dass er gehorchen wird.
»Wirst du es tun, Hannes?«
Er zögert noch.
Ich spreche lauter. »Du weißt, dass du es mir schuldest. Wirst du mir also die verdammte Bibel bringen, Hannes? Es ist *deine Pflicht!*«
Beim letzten Wort beginnt er zu nicken. Langsame, kleine Bewegungen erst. Dann wird das Nicken schneller und größer. Jetzt weiß ich, dass ich ihn zum Weinen bringen kann, wenn ich nur will.
»Sag ja!«
Er öffnet den Mund.
»Verdammt! Sag Ja!«
»Ich v-vers-s-such's.«
Vielleicht würde ich weitermachen. Vielleicht würde ich ihn dazu zwingen, wenn da nicht Tränen in seinen Augen wären. Plötzlich wird mir schlecht. Ich weiß, dass ich kotzen muss, wenn ich Hannes noch länger ansehe. Wie er da vor mir kniet und weint. Ohne noch ein Wort zu sagen, springe ich auf. Zum zweiten Mal stoße ich mir den Kopf. Ich fluche, stecke das Foto in meine Hosentasche, steige die Leiter hinab und renne. Überall sind Mücken. Ich schlage nach ihnen, und sie stechen mich.

Den Nachmittag verbringe ich im Bett. Mein Zimmer liegt direkt unter dem Dach. Die Hitze staut sich hier. Trotzdem will ich bis zum Abendessen nicht mehr aufstehen. Auch dann würde ich gern liegen bleiben. Aber ich habe gelobt, die festen Zeiten des Hoflebens einzuhalten, ebenso pünktlich wie mein Vater. Ich werde meinen Eid nicht brechen. Doch bis um sechs will ich nur noch auf dem Bett liegen und lesen.
Als ich aus dem Wald zurückgekommen bin, habe ich mich tatsächlich noch übergeben. Vielleicht habe ich einen Sonnenstich. Vielleicht be-

kommt mir Gesines Essen nicht mehr. Ich weiß nicht, was mir fehlt, aber ich weiß, was mir immer hilft. Ich hole meine Biologiebücher ins Bett. Ich blättere von einer Seite zur anderen. Hier lese ich einen Absatz, dort studiere ich ein Schaubild. Schließlich finde ich ein Kapitel über die Geschichte der Hirnforschung. Ein Abschnitt über Phrenologie interessiert mich. Ich lerne: Populär war diese Wissenschaft gegen Ende des achtzehnten Jahrhunderts. Ihre Anhänger versuchten, an verschiedenen Ausbeulungen des Schädels Charaktereigenschaften abzulesen. Jene schwache Rundung verriet einen geizigen Menschen, eine andere deutete auf ein ungeduldiges Wesen hin.

Ich denke an Hannes' wuchtigen Schädel. Was hätten die Wissenschaftler damals an ihm abgelesen? Gibt es eine Ausbeulung, die sein übersteigertes Pflichtbewusstsein, seinen absoluten Gehorsam anzeigt?

Was auch immer sie an ihm gefunden hätten, eines ist sicher: Bei ihren Untersuchungen wären sie nicht zimperlich vorgegangen. Damals unterschied man nicht zwischen psychisch Kranken und geistig Behinderten. Es gab nur Irre – und die hatten kein leichtes Spiel. Das beweist ein Kapitel in einem zweiten Buch, das ich nun aufschlage. Das Buch behandelt die unterschiedlichen Methoden zur Behandlung des Irrsinns im Lauf der Jahrhunderte. Frau Gräbener, die Bibliothekarin, hat mal wieder blöd geguckt, als ich es ausgeliehen habe. Ich sage dann immer nur: »Referat.«

Bis ins neunzehnte Jahrhundert konnte man die Arbeit der Irrenärzte wirklich nicht als Heilmethode bezeichnen. Eine Empfehlung an sie lautete:

*Wendet keinen Trost an, denn er ist unnütz. Greift nicht zu Überlegungen, sie überzeugen nicht. Seid nicht mit den Melancholikern traurig, eure Traurigkeit würde die ihre unterstützen. Versucht nicht, mit ihnen fröhlich zu sein, es würde sie verletzen. Viel Kaltblütigkeit und, wenn es notwendig ist, Strenge. Eure Vernunft soll ihr Verhaltensmaßstab werden. Eine einzige Saite vibriert noch bei ihnen: die des Schmerzes. Seid mutig genug, sie anzurühren.*

Ich bin mir sicher, Hannes heute Schmerzen zugefügt zu haben. Keine körperlichen Schmerzen vielleicht, doch er hat geweint. Ich glaube nicht, dass jemand weint, wenn er keine Schmerzen hat. Schmerz ist ein weiter Begriff. Ich bin mir sicher, dass mein Vater viel Schmerz erleiden musste. Obwohl ich mich nicht erinnere, ihn jemals weinen gesehen zu haben.

Habe ich Hannes auf dem Hochsitz sogar geholfen? Ärzte aus früherer Zeit würden das vielleicht so sehen. Ich erinnere mich daran, wie er vor mir gekniet hat. Sein hilfloses Gesicht. Ich erinnere mich an seine Tränen und sage mir, dass ich ihm geholfen habe. Im Geist sehe ich mich als Ärztin: Mit unzähligen sterilen Instrumenten untersuche ich seinen rasierten Schädel. Ich vermesse ihn wie eine Landschaft mit Hügeln und Tälern. Mit schwarzer Farbe markiere ich verschiedene Regionen dieser Landschaft und stelle meine Diagnose. Und ich will auch gleich mit der Behandlung beginnen. Sie wird allein darin bestehen, ihm Schmerzen zu bereiten. Auch dafür gibt es spezielle sterile Instrumente. Ich nehme eines davon aus meinem Arztkoffer: einen dornenbesetzten Handschuh, um damit den Kopf des Patienten zu streicheln. Ich ziehe den Handschuh über meine rechte Hand und trete nah an ihn heran. Doch ich kann nicht mit der Behandlung beginnen. Der Grund sind seine Augen. Es sind nicht mehr Hannes' Augen, es sind die Augen meines Vaters. Er, Tante Hella, Hannes – sie alle haben die gleichen hellblauen Augen.

Eine neue Übelkeitswelle steigt in mir auf. Ich springe aus dem Bett und schaffe es gerade noch zum Waschbecken. Es kommt fast nur Flüssigkeit, ein schleimiger Zopf hängt an meinen Lippen. Ich spüle meinen Mund mit kaltem Wasser aus. Die Hitze hier oben ist jetzt unerträglich, aber ich will nicht nach unten gehen. In der Stube ist es kühl, doch ich könnte Tante Hellas Augen jetzt nicht ertragen. Stattdessen lasse ich kaltes Wasser über ein Handtuch laufen und ziehe mich nackt aus. Mit dem Arm fege ich die Bücher vom Bett. Ich lege mich hin, das nasse Handtuch auf meiner Stirn.

So schlafe ich ein.

Das Gefühl, nicht mehr allein im Zimmer zu sein, weckt mich. Als ich die Augen aufschlage, steht Hilke vor meinem Bett. Sie sagt nichts, steht nur da und sieht mich an.

»Kannst du nicht anklopfen?«

»Das hab ich getan.«

»Und? Hat jemand herein gesagt?«

Sie senkt den Blick. Das könnte Beschämung ausdrücken. Doch ich frage mich, welche Stelle meines nackten Körpers ihre Maulwurfsaugen nun anvisieren.

»Entschuldige!«, sagt sie. »Ich hab mir Sorgen gemacht, weil du schon den ganzen Nachmittag hier oben bist. Geht es dir nicht gut?«

Ich greife nach dem verschwitzten T-Shirt neben mir und versuche, mich damit zu bedecken. »Es geht mir bestens«, sage ich.

Sie deutet auf das T-Shirt und lächelt. »Schämst du dich vor mir?«

»Ich habe keinen Grund, mich zu schämen. Weder vor dir noch vor irgendjemandem. Und jetzt geh!«

Sofort dreht sie sich um und verschwindet. Auf ihren Gehorsam scheint man sich ebenso verlassen zu können wie auf den ihres Bruders.

Ich wasche mich und ziehe mir frische Sachen an. Dann beginne ich, die Bücher vom Boden aufzuheben und ins Regal zu stellen. Ich bin noch nicht damit fertig, als jemand an die Tür klopft. Habe ich mich in ihrem Gehorsam getäuscht? Will sie noch mal versuchen, mir ihre Hilfe aufzudrängen?

Es ist Gesine. Sie bringt mir ein Glas Apfelschorle mit Eiswürfeln.

»Hilke meinte, du könntest was Kühles gebrauchen«, sagt sie.

Ich ärgere mich darüber, dankbar für die Erfrischung zu sein.

»In einer halben Stunde gibt es Abendbrot«, sagt Gesine.

»Ich werde pünktlich sein. Danke für die Apfelschorle, Gesine.«

»Da musst du schon Hilke danken.«

Zum Abendessen ist Onkel Schorsch aus Oldenburg zurück. Er erzählt, was ich mir schon gedacht habe: Tante Hella und er besitzen nun das Sorgerecht für mich.

»Du sollst wissen, Clara, dass wir uns darüber freuen«, sagt er.

Tante Hella sieht mich an. Sie lächelt.

Ich weiche ihrem Blick aus. »Was steht noch im Testament?«, frage ich.

Onkel Schorsch legt Messer und Gabel auf den Tisch und seufzt. Obwohl wir in der kühlen Küche sitzen, beginne ich wieder zu schwitzen. Er zögert seine Antwort hinaus, trinkt einen Schluck Wasser. Mit dem Handrücken wischt er sich über den Mund.

»Nun sag schon!«, fordere ich. »Was steht drin?«

»Wir haben das nicht gewusst«, beginnt er. »Wenn wir davon gewusst hätten, … ich schwöre dir, wir hätten ein wachsameres Auge auf ihn gehabt.«

Muss ich es erst aus ihm herausschütteln? Ich bin bereit, von meinem Stuhl aufzuspringen und es zu versuchen.

»Das Problem ist nicht, was in seinem Testament steht«, sagt mein Onkel.

»Wieso Problem?«

Er geht nicht sofort darauf ein. »Dein Vater hat dich als Alleinerbin eingesetzt.«

»Und wo ist da ein Problem?«

»Das Problem besteht darin, dass es im Grunde nichts zu vererben gibt.« Er trinkt noch einen Schluck, bevor er weiterspricht. »Anscheinend hat dein Vater in den letzten Jahren alles verbraucht, was noch da war. Das betrifft vor allem das Geld deiner Mutter. Er selbst hat ja kaum was verdient mit seiner Malerei.«

»Was ist mit seinem Anteil am Hof?«
»Den hat er uns schon vor Jahren verkauft.«
Mein Vater lebte also genau so lange, wie er es sich leisten konnte. Als das Geld verbraucht war, starb er. Beinahe imponiert mir das, auch wenn er es kaum geplant haben kann. Es passt zu seinem streng organisierten Tagesablauf.

Ich bin also mehr oder weniger mittellos. Das beunruhigt mich nicht weiter. Mein Onkel freut sich darauf, von nun an für mich sorgen zu dürfen. Zumindest hat er das gerade versichert. Sicher ist ihnen klar, dass ich am Ende der Ferien gern zurück ins Internat gehe. Dann können sich beide Seiten bis Weihnachten voneinander erholen. Warum also machen sie so betretene Gesichter?

Er sagt es mir. »Es ist das Internat, Clara. Wir können es uns nicht leisten. Wenn die Ferien vorbei sind, wirst du hier zur Schule gehen müssen.«

Ein paar Sekunden lang sitze ich noch auf dem Stuhl. Stumm und bewegungslos. An der Schläfe spüre ich meinen Puls. Dann springe ich auf. Ich renne zur Toilette, um mich zum dritten Mal an diesem Tag zu übergeben.

# Unter Wasser

Meine Mückenstiche haben sich entzündet. Im Schlaf muss ich sie aufgekratzt haben. Einige sind angeschwollen, aus anderen sickert ein gelbliches Sekret. Beim Frühstück erschrecken alle über mein Gesicht. Mein Onkel meint, ich sehe aus, als hätte ich die Pocken. Hilke fragt, ob es am ganzen Körper so schlimm sei. Als ich bejahe, bietet sie mir an, meinen Rücken mit Wundgel einzureiben.
»Da kommst du doch alleine nicht hin«, sagt sie.
Ich lehne ab.
Nach dem Frühstück geht Onkel Schorsch in sein Büro und Tante Hella in ihre Stube. Hilke sucht draußen nach Hannes. Ich bleibe in der Küche sitzen. Ich warte, bis ich sicher sein kann, dass sie mich nicht mehr hören. Dann bitte ich Gesine, meinen Rücken einzureiben.
Sie hat kräftige kleine Hände. Alles an ihr ist klein oder kurz und trotzdem gesund und kräftig: ihre Beine, ihr Busen, ihr Haar. Ihre Fingernägel sind weit zurückgeschnitten aber scharf. Es fühlt sich an, als massierten zwei Nagetiere meinen Rücken. Mir gefällt das.
»Du bist stolz«, sagt Gesine.
»Ist das ein Fehler?«, frage ich.
»Vielleicht ist es kein Fehler. Aber es macht manches schwerer als nötig.«
»Was weißt du schon!«
»Ich weiß, dass du von nun an hier leben musst.«
Ich spüre einen Fingernagel über einen der offenen Stiche kratzen. Es fühlt sich an wie Glut auf meiner Haut. Ich zucke zusammen, verkrampfe mich und verkneife es mir, laut aufzuschreien.
»Tut es weh?«
»Nein.«
Ich ziehe mein T-Shirt herunter, lasse Gesine mit Fingern voller Salbe in der Küche stehen. Ohne mich noch einmal zu ihr umzudrehen, gehe ich in mein Zimmer. Dort fällt mir ein, dass ich die Salbe noch brauche. Aber ich will nicht noch einmal in die Küche gehen, solange Gesine dort ist.
An diesem Vormittag steige ich auf den Dachboden. Dort oben ist es noch heißer als in meinem darunter liegenden Zimmer. Ich stoße die Falltür auf. Dazu klettere ich über einen Stuhl auf den Kleiderschrank. Als

Kind versteckte ich mich oft auf dem Dachboden. Wahrscheinlich wusste damals jeder, wo ich war. Heute passe ich nur noch liegend in die Lücke zwischen Schrank und Falltür. Trotzdem nehme ich nicht wie die anderen den Weg durchs Treppenhaus.

Ich will die Sachen meines Vaters durchsehen. Mir ist aufgefallen, dass im ganzen Haus nur noch eines seiner Bilder hängt. Es ist ein Porträt meiner Großeltern vor ihrer Haustür. Sie stehen genau dort, wo die anderen mich in ihrer Trauerkleidung erwartet haben. Das Gemälde hängt in der Stube, Tante Hellas Sessel gegenüber. Es ist ein Bild aus der »Guten Zeit« etliche Jahre nach dem Krieg. Damals war die Bibel nicht mehr der einzige Reichtum der Familie. Es war nicht mehr nötig, sie aus Angst vor Plünderern am Leib zu tragen. Der Wohlstand der Familie war gesichert. Genau das drücken die Gesichter meiner Großeltern auf dem Bild aus: Sicherheit und Vertrauen. Die Hände meiner Großmutter liegen auf ihrem Bauch. Mein Großvater verschränkt seine Arme vor der Brust.

Mein Vater malte in einem Stil, der sich nur schwer einer Richtung zuordnen lässt. Auf den ersten Blick sind seine Darstellungen realistisch. Erst bei konzentrierter Betrachtung entdeckt man die surrealen Elemente, die Verzerrungen der Wirklichkeit.

»Die Leute sollen erst beim zweiten oder dritten Hinsehen bemerken, dass da etwas nicht stimmt«, erklärte er mir einmal. »Und auch dann sollen sie es vorerst nur ahnen. Sie sollen sich fragen: Was passt hier nicht? Und während sie noch danach suchen, werden sie immer unruhiger. Vielleicht finden sie es nie. Aber umso öfter werden sie das Bild ansehen und sich fragen, was sein Geheimnis ist.«

Das Geheimnis des Gemäldes seiner Eltern sind die Proportionen. Vor einem Jahr verbrachte ich eine halbe Nacht damit, das Gemälde anzustarren. Schließlich schlief ich in Tante Hellas Sessel ein. Als ich die Augen in der Morgendämmerung öffnete, entdeckte ich es. Und ich fragte mich, wie ich dieses Missverhältnis vorher hatte übersehen können. Es waren weniger meine Großeltern als das Haus hinter ihnen. Auch in Wirklichkeit ist es groß. Aber in der Darstellung meines Vaters sprengt es im wörtlichen Sinne beinahe den Rahmen: ein gigantisches Bauwerk, das kaum Platz für den Himmel darüber und die Erde unter den Füßen meiner Großeltern lässt. Es scheint sich auszudehnen. Trotzdem liegt die gesamte Aufmerksamkeit des Betrachters bei den Menschen im Vordergrund. Obwohl es riesig ist, bemerkt man das Haus kaum.

Vielleicht hat es etwas mit dem Licht zu tun. Seine Eltern malte mein Vater in einem warmen Licht. Die Quelle des Lichts ist nicht auszumachen, als seien die beiden selbst diese Quelle. Dahinter versinkt das Haus in matten Grau- und Brauntönen. Alle Fenster sehen gleich aus. Es gibt kein Licht in den Räumen dahinter. Da sind keine Blumen auf den Fensterbänken. Niemand schaut heraus. Vielleicht will man deshalb nur die beiden Menschen vor der Tür ansehen. Und dennoch beherrscht das Haus die Stimmung des Bildes.

Mit rotgeränderten Augen berichtete ich am Morgen meinem Vater von meiner Entdeckung. Es war einer der wenigen Momente, in denen ich ihn lächeln sah.

»Haben die anderen es auch schon bemerkt?«, fragte ich ihn.

»Ich weiß nicht. Ich glaube nicht.«

»Soll ich es ihnen sagen?«

Er schüttelte den Kopf.

Vermutlich wissen sie es bis heute nicht.

Auf dem Dachboden sind die Sachen meines Vaters in einer Ecke gestapelt: Kisten voller Bücher, zwei Koffer, aus denen Kleidung quillt, und auf Holzrahmen gespannte, unbemalte Leinwände. Weitere Gemälde finde ich nicht.

Ich durchwühle die Bücherkisten. Es sind fast ausschließlich Romane. Mein Vater las sich durch alle Epochen und Stilrichtungen. Dabei folgte er keinem nachvollziehbaren Prinzip. Eine Dickens-Gesamtausgabe wird seitlich gestützt von einem Stapel Jerry-Cotton-Hefte. Daneben finde ich deutsche Nachkriegsliteratur, Ritterromane und Bücher amerikanischer Beatniks.

Vieles erkenne ich wieder. Meine Hände erinnern sich an die Oberflächen der Einbände. Um die Zeit auf dem Hof herumzubringen, habe ich viele der Bücher gelesen. An die Jerry-Cotton-Hefte und die Ritterromane erinnere ich mich besonders gern. Meine Leidenschaft für biologische Fachliteratur hat sich erst im vergangenen Jahr entwickelt.

Zu meiner Enttäuschung finde ich kaum solche Bücher in den Kisten. Die Ausnahme ist ein dünnes Bändchen zum Bestimmen von Schmetterlingen. Ich erinnere mich an eine Bilderserie meines Vaters namens *Falterporträts*. Ich frage mich, wohin diese Bilder verschwunden sind. Ich frage mich, wo das Porträt meiner Mutter, wo all die anderen sind.

Ich nehme fünf Jerry-Cotton-Hefte und das Schmetterlingsbuch aus der Kiste. Mein Blick fällt auf ein Buch mit dem Titel *Symbolik des Bösen*. Das klingt vielversprechend.

Mit meiner von Mückenstichen entstellten Haut würde ich im Internat nicht schwimmen gehen. Hier ist es mir egal. Ohnehin glaube ich nicht, dass viele Leute zum Baden an den Waldsee kommen. Fleetstedt liegt etliche Kilometer entfernt, und es gibt nur wenige Höfe rund um den Wald.

Ich habe mich getäuscht. Eine Schulklasse macht einen Ausflug. Zwei junge Frauen versuchen, eine Schar Kinder unter Kontrolle zu bekommen. Die eine ist ausschließlich damit beschäftigt, die Streitereien im Wasser zu schlichten. Es scheitert daran, dass sie das Wasser nicht einmal mit den Zehenspitzen berührt. Die Kinder beachten sie nicht. Währenddessen probiert die andere Lehrerin, die Kontrolle über die Picknickkörbe zurückzugewinnen.

Ich habe mich auf dieselbe kleine Lichtung am Ufer legen wollen. Jetzt suche ich mir einen Platz auf der anderen Seite des Sees. Hier gibt es keine Kinder, außerdem ist es schattiger. Zum ersten Mal seit der gestrigen Begegnung auf dem Hochsitz schwitze ich nicht. Dabei trage ich eine lange Hose und ein langärmeliges Hemd. Ich fürchte mich vor den Mücken.

Erst als ich schwimmen gehe, ziehe ich die langen Sachen aus. Beim Eintauchen ist das Wasser eisig. Die hohen Bäume werfen ihre Schatten beinahe über den gesamten See. So verhindern sie, dass er sich in eine sumpfige Brühe verwandelt. Ich liebe das kalte Wasser. Mit langen Zügen schwimme ich bis zur Mitte des Sees und noch weiter darüber hinaus. Ich schwimme bis zur Grenze der Schatten. Ich will mich treiben lassen, doch sobald ich mich nicht mehr bewege, friere ich. Wenige Meter entfernt spielen die Schulkinder. Sie werfen sich Plastikbälle zu und tauchen einander unter Wasser. Vom Ufer ruft die Lehrerin, sie sollen nicht so weit hinaus schwimmen.

Ich sehe den Jungen aus dem Zug wieder. Er flüchtet vor zwei anderen Kindern in die Mitte des Sees. Sie bewerfen ihn mit Wasserpflanzen, mit glitschigen braunen Algen. Als er an mir vorbeischwimmt, sehe ich ihm in die Augen. Er scheint mich nicht zu erkennen. Ich erinnere mich, wie er Hannes' Stottern imitiert und dazu einen Affen gespielt hat.

Ich erinnere mich auch an Hannes. Wie er meine Sachen fallen lassen hat und auf den Jungen zugegangen ist. In diesem Moment habe ich Hannes zum ersten Mal ärgerlich erlebt, beinahe böse. Hat er sich am Bahnhof wehren wollen? Hätte er es doch getan. Hätte er dem kleinen Scheißkerl doch ein paar verpasst! Ich weiß, dass ich gestern noch grausamer zu Hannes gewesen bin. Vielleicht nur, weil er sich nie zur Wehr setzt. Es ist so einfach, ihn zu verletzen. Und manchmal braucht man jemanden, den man verletzen kann. Manchmal braucht man jemanden wie Hannes.

Obwohl ich mich im Wasser ununterbrochen bewege, beginne ich nun zu zittern. Ich will keinen Krampf riskieren und schwimme zurück ans Ufer. Wären die Kinder nicht hier, würde ich den Krampf vielleicht in Kauf nehmen. Das kalte Wasser tut meiner Haut gut. Mit einem Muskelkrampf durch den halben See zu schwimmen, sieht jedoch nicht besonders elegant aus. Schließlich will ich mich nicht vor den Kindern blamieren.

Am Ufer erwarten mich die Mücken. Ich ziehe meine lange Hose an und hänge mir das Handtuch über die Schultern. Dann ziehe ich mein Buch aus dem Rucksack. In meinem Zimmer habe ich überlegt, wer mich heute Nachmittag begleiten soll: Jerry Cotton oder die *Symbolik des Bösen*. FBI-Agent Cotton ist ein alter Freund. Trotzdem habe ich mich für die grün eingebundene, mehrere hundert Seiten starke Abhandlung entschieden.

Das Gekreische der Kinder und die Rufe ihrer Lehrerinnen im Ohr, bin ich bald enttäuscht. Dieses Buch ist unlesbar. Jedenfalls für mich. Ich habe sicher weniger Probleme mit Fremdwörtern als andere Siebzehnjährige. Aber was, zum Teufel, bedeutet *Ontologie*? Ich kenne nur *Onkologie*, die Lehre von den Geschwulstkrankheiten. Und was heißt *Proselytismus*? Oder *Juridisierung*? Und warum bezieht sich der Autor ständig auf biblische Geschichten? Das wäre etwas für Tante Hella. Ich kenne so gut wie nichts aus der Bibel. Diesen Bestseller hat mir mein Vater nie ausgeliehen. Könnte der Typ seine Theorie nicht ebenso gut mit Jerry Cotton belegen? Niemand hat dem Bösen öfter ins Auge gesehen als der FBI-Agent.

Wahrscheinlich tue ich dem Autor unrecht. Wahrscheinlich ist die Bibel mehr Menschen bekannt als irgendwelche Groschenromane. Nur gehöre ich nicht zu diesen Menschen. Und ich habe mich auf einen Nachmittag mit einem Buch gefreut. Jetzt beginne ich, die *Symbolik des Bösen* als Waffe gegen die Mücken einzusetzen. Macht auch Spaß. Sobald sich eines der Biester zwischen die Buchdeckel verirrt, klappe ich sie zusammen.

Die Zahl der zerquetschten Kadaver auf den Seiten wächst. Und ich glaube, wenigstens etwas vom Inhalt des Buchs zu verstehen. Ich lerne: In frühen Gesellschaften wurde Mord weniger streng bestraft als sexuelle Verfehlungen, etwa Geschlechtsverkehr unter Verwandten. Uralte Ritualgesetzbücher behandeln ausführlich die *sexuelle Befleckung*. Gleichzeitig verlieren sie kein Wort über Diebstahl oder Mord.

Ich erinnere mich, wie Hannes gestern in meinen verrutschten Ausschnitt gestarrt hat. Ob er in damaliger Zeit für einen solchen Blick auf seine Cousine bestraft worden wäre? Schwer bestraft vielleicht. Und was für Arten der Bestrafung sie damals wohl hatten? Methoden, die wir uns heute nicht mehr auszumalen wagen.

Ich starre über das Wasser und weiß nicht, was mir jetzt lieber wäre: mir qualvolle Strafen auszudenken oder noch einmal ins Wasser zu springen? Beides hat seinen Reiz.

Doch ich muss mich nicht entscheiden. Etwas anderes zieht meine Aufmerksamkeit auf sich. Drüben geschieht etwas. Zuerst höre ich die Stimmen der Lehrerinnen. Ihre Körper nehmen nur langsam feste Konturen an. Während ich über den See geschaut habe, ist alles vor meinen Augen verschwommen. Wie in der flimmernden Luft über heißem Asphalt. Als ich die Umrisse der beiden Frauen scharf sehe, höre ich auch die Kinder. Sie rufen etwas. Nur wenige sind noch im Wasser. Die meisten stehen bei ihren Lehrerinnen am Ufer. Alle starren auf den See. Alle rufen dasselbe Wort. Es ist ein Name.

»Jan! Jaaan!«

Immer wieder, in unterschiedlicher Länge, in unterschiedlicher Tonhöhe. Die Stimmen überlappen einander, antworten einander wie das Echo eines Echos.

Dann sehen wir ihn, die Kinder, die Lehrerinnen und ich. Wir entdecken ihn alle gleichzeitig, als er einen halb erstickten Schrei ausstößt. Einige zeigen mit den Fingern auf ihn. Vielleicht hat der Junge einen Spaß machen wollen. Vielleicht ist er getaucht. Vielleicht hat er durch ein Schilfrohr geatmet, wie man es aus Abenteuerfilmen kennt. Jetzt ist er wieder an der Oberfläche, in der Mitte des Sees. Und er macht keine gute Figur. Er rudert mit den Armen. Er wirbelt das Wasser rings um sich auf. Ein Krampf, denke ich, er kann nicht mehr.

Die Kinder im Wasser bewegen sich nicht von der Stelle. Als verstünden sie nicht, dass ihr Freund gleich ertrinken wird. Auch die Lehrerinnen sind wie versteinert. Bin ich die einzige, die erkennt, wie wenig Zeit dem Jungen noch bleibt? Aber auch ich rühre mich nicht. Ich sitze auf dem Waldboden, das Buch in einer Hand, mit der anderen Mücken verjagend. Ich passe auf, dass mir das Handtuch nicht von den Schultern rutscht.

Und ich starre den Jungen an. Er kämpft gegen das Ertrinken. Die Formen, die das Wasser dabei annimmt, faszinieren mich. Es können nur wenige Sekunden sein, die wir ihn bewegungslos anstarren. Doch in dieser kurzen Zeit sehe ich Bilder, so geheimnisvoll wie die meines Vaters: Bilder aus Wasser gemalt. Sie sind unbegreiflich, weil keine Zeit bleibt, sie zu begreifen.

Dann bemerke ich eine Bewegung im Hintergrund. Es dauert eine Sekunde, bis sich meine Augen auf die veränderte Entfernung eingestellt haben. Eine der Lehrerinnen springt ins Wasser. Es ist die Verteidigerin der Picknickkörbe. Die zweite Frau steht noch immer am Ufer und brüllt den Kindern Kommandos zu. Ich verstehe die Worte nicht. Sie ändern auch nichts an der Bewegungslosigkeit der Schüler. Vielleicht begreift die Frau selbst nicht den Sinn ihrer Worte. Ihre Kollegin kommt nur langsam voran. Sie trägt eine Bluse und einen langen Rock. Die Sachen müssen wie zentnerschwere Gewichte an ihr lasten. Ich bin eine gute Schwimmerin. Sogar in meiner langen Hose wäre ich schneller bei dem Jungen als sie. Ich müsste nur mein Handtuch abwerfen und ins Wasser springen.

Ich bleibe sitzen. Ich betrachte das aufgewühlte Wasser und versuche, mir seine Formen einzuprägen. Sie erscheinen mir noch unbeständiger als der Hauch meines Atems an Wintertagen.

Der Junge kämpft. Sein Körper bäumt sich auf gegen das Unfassbare. Sein Leben lang hat er sich geweigert, daran zu glauben, dass auch er sterben kann. Doch jetzt taucht er immer öfter unter. Und wenn er wieder an der Oberfläche erscheint, ist seine Lehrerin nicht näher gekommen. Nicht so nah, dass es reichen würde. Wenn er das erkennt, denke ich, dann wird er nur noch einmal untertauchen. Dann wird er nur noch sinken. Er wird sich sinken lassen, durch die zahllosen Wasserpflanzen bis zum Grund des Sees. Er wird sehen, was noch kein Taucher gesehen hat.

Wegen der starken Vegetation ist es noch niemandem gelungen, bis zum Grund zu tauchen. Kein Mensch weiß, wie tief der See ist. Der Legende nach haust dort ein Wassergeist. Manchmal erzählte mir mein Vater zum Einschlafen die Geschichte. Bei Vollmond steigen die Nymphen, die Dienerinnen des Wassergeistes, an die Oberfläche des Sees. Dort tanzen sie mit den Waldgeistern im Mondlicht. Der Wassergeist selbst aber kommt nie nach oben. Er lebt auf ewig zwischen den Wasserpflanzen. Sein Bart ist mit ihnen zu einem knotigen Geflecht verwachsen. Bald werden er und seine Dienerinnen Gesellschaft bekommen. Sicher kennt auch der Junge die Legende. Denkt er jetzt an den Geist und die Nymphen? Ich will sehen, ob das Gesicht des Jungen etwas über seine Gedanken verrät.

Er ist nicht mehr da. Wo noch eben seine Arme die Oberfläche aufgerissen haben, beruhigt sich der See wieder. Er hat sich über dem Jungen geschlossen. Die konzentrischen Wellen rollen langsam aufs Ufer zu und werden dabei immer unscheinbarer. In wenigen Augenblicken wird nichts mehr an das Kind erinnern.

Ich weiß nicht, woher er kommt. Ich bemerke nur neue Formationen spritzenden Wassers. Sie ähneln denen, die der Junge verursacht hat. Doch sie sind größer, und sie bewegen sich über die Oberfläche des Sees. Vom linken Ufer her prescht jemand durchs Wasser. Der Schwimmer krault, den Kopf unter Wasser, dabei scheint er kaum Luft zu holen. Er überholt die Lehrerin, sie hat erst die Hälfte der Strecke zurückgelegt. Sekunden später hat der Fremde die Mitte des Sees erreicht.

Erst jetzt erkenne ich ihn. Seine überlangen Arme und sein großer Kopf machen ihn unverwechselbar. Hannes sieht sich um, kaum eine Sekunde lang, dann taucht er unter.

Wir warten. Für einen Moment rufen die Kinder noch lauter als zuvor. Dann, wie auf Kommando, sind plötzlich alle still. Wir sehen zur Mitte des Sees. Auch die Frau im Wasser bewegt sich nicht mehr weiter. Sie scheint sich zu fragen, was sie nun tun soll. Auch noch den Rest der Strecke schwimmen und dann dem Riesen hinterher tauchen? Vielleicht kann sie gar nicht tauchen. Vielleicht kann sie nicht mal mehr weiterschwimmen, erschöpft vom Gewicht ihrer Kleidung. Vielleicht benötigt sie selbst Hilfe. Denkt sie an den Wassergeist?

Wir warten. Die Stille über dem See erscheint mir lauter als die Rufe der Kinder.

An seinen guten Tagen fragte mein Vater manchmal, ob er ein Bild nur für mich malen solle. Die guten Tage waren jene, an denen er sein Zimmer nicht ausschließlich zum Essen verließ.

»Nur für mich?«, fragte ich, und er nickte. Wenn es möglich war, sparte er sich auch so kurze Wörter wie ja und nein.

Einmal wünschte ich mir ein Bild vom Wassergeist. Es ist das einzige seiner Bilder, das ich noch besitze. Im Internat hängt es über meinem Bett. Bei diesem Gemälde hat er auf die für ihn typischen Verzerrungen der Wirklichkeit verzichtet. Das Motiv hat sie nicht nötig, es ist fantastisch genug. Man sieht den Kopf des Wassergeistes. Er hat braune Haut, einen schmutzig-grünen Bart und schmutzig-grünes Haar. Die Strähnen schweben im Wasser. Sie winden sich empor wie Schlangen und streben zur Oberfläche. Dort verbinden sie sich mit den Wasserpflanzen, die den Hintergrund des Bildes beherrschen. Aus den Haarspitzen wachsen die Nymphen: schlanke Meerjungfrauen mit blau schimmernder Haut. Mein Vater hat das gleiche Hellblau für die Augen des Geistes benutzt. Es ist das Blau seiner eigenen Augen.

Niemals habe ich selbst zu malen probiert. Ich habe auch nie versucht, Klavier zu spielen. Meine Mutter hat mich noch kurz vor ihrem Tod unterrichten wollen. Ich war vier Jahre alt und stellte mich absichtlich dumm, damit sie die Lust verlor. Ich wusste bereits, dass ich meinen altmodischen Vornamen Clara Schumann verdankte. Außerdem war es ihr wichtig gewesen, die Tradition der Familie meines Vaters zu brechen: seinen Kindern einen mit H beginnenden Vornamen zu geben. Mit dem Namen konnte ich leben, mit ihren Ansprüchen an meine musikalische Erziehung nicht. Vielleicht spürte ich die in mich gesetzten Hoffnungen. Und aus Angst, sie später zu enttäuschen, zeigte ich weder Talent noch Interesse. Ich bereue es nicht, keine Musikerin geworden zu sein. Ich liebe Musik, aber es genügt mir, eine CD aufzulegen. Beim Gedanken an das Bild des Wassergeistes aber wünsche ich mir, malen zu können. Ich will das aufgewühlte, spritzende Wasser malen. Ich will diese flüchtigen Formen festhalten, sie für immer auf die Leinwand bannen. Dann könnte ich mich in sie versenken, wann immer ich will. Ich müsste nicht erst darauf hoffen, dass jemand vor meinen Augen ertrinkt.

Hannes verschwindet mit dem Jungen auf dem Rücken im Unterholz. Wahrscheinlich bringt er ihn zu unserem Hof. Von allen Höfen in der Umgebung liegt er dem Waldsee am nächsten. Die Lehrerin paddelt noch immer im Wasser. Sie stützt sich auf ein Stück Treibholz und ringt nach Luft. Ihre Kollegin ruft per Handy einen Krankenwagen. Ich ärgere mich, weil sie hier Empfang hat, während mein Telefon in meinem Zimmer liegt. Ich muss später versuchen, von hier aus mit Leonie zu telefonieren.

Ich erreiche den Hof nur wenige Minuten nach Hannes. Er hat den Jungen in die Stube gebracht. Dort liegt er unter dem Gemälde meiner Großeltern auf dem Sofa. Es ist der Junge aus dem Zug, der kleine Scheißer, der Hannes imitiert hat. Meine Tante, meine Cousine und mein Onkel stehen vor dem Sofa. Hilke zittert. Onkel Schorsch schreit immer wieder, wann denn endlich der Krankenwagen komme. Tante Hella scheint zu beten. Hannes steht am Fenster und sieht hinaus. Um seine Füße herum hat sich eine Pfütze gebildet.

Über dem Jungen kniet Gesine. Sie hält seine Hand und horcht immer wieder nach seinem Atem. Sie weint.

»Lebt er?«, frage ich meinen Onkel.

»Ja, Gott sei Dank! Aber wenn der Rettungswagen nicht bald kommt ...« Er spricht den Satz nicht zu Ende.

»Was ist mit Gesine?«

Onkel Schorsch kommt einen Schritt näher und greift nach meiner Schulter. »Er ist ihr Neffe«, sagt er leise. Er hält meine Schulter fest, knetet sie und fragt: »Du warst auch am See?«

Mein Haar ist noch nass, genau wie das Bikini-Oberteil, das durch mein weißes Hemd schimmert. Ich nicke.

Er lässt seine Hand von meiner Schulter gleiten und umfasst meine Taille. »Der Junge wird's schon schaffen«, sagt er. Bis wir die Sirene des Rettungswagens hören, hält er mich im Arm. Von Zeit zu Zeit drückt seine Hand mein Fleisch.

Gesine steigt mit den Sanitätern in den Rettungswagen. Die Lehrerin, die ins Wasser gesprungen ist, will auch mitfahren. Aber die Sanitäter sagen, es sei nicht genug Platz im Wagen. Ein paar Minuten nach mir ist sie triefend in die Stube getreten. Ihre Kollegin bringt die Kinder zurück zur Schule. Tante Hella gibt der Frau eines ihrer schwarzen Kleider und setzt Teewasser auf. Hilke bietet der Lehrerin an, sie könne sich in ihrem Zimmer umziehen. Hannes steht weiter am Fenster und sieht hinaus. Ich gehe nach oben.

Auf dem Bett liegend lasse ich meinen Blick durchs Zimmer wandern. T-Shirt, Hose, Bikini, Handtuch und Buch habe ich auf den Boden geworfen. Auf der anderen Seite des Bettes liegen die Jerry-Cotton-Hefte und das Schmetterlingsbuch. Die Kleider vom Vortag liegen ebenfalls auf dem Fußboden. Mitten im Raum steht die Staffelei meines Vaters.

Mich überkommt der unwiderstehliche Drang, mein Zimmer aufzuräumen. Ich könnte die Unordnung keine Minute länger ertragen. Es liegt nicht viel herum, doch es liegt nicht an seinem Platz. Ich springe vom Bett auf. Die nassen Kleidungsstücke lege ich zum Trocknen auf die Fensterbank. Die übrigen stopfe ich in den Wäschekorb. Ich sammle die Groschenromane, das Schmetterlingsbuch und die *Symbolik des Bösen* auf. Sie gehören ins Regal, neben die Biologiebücher. Anschließend rücke ich die Staffelei ein wenig näher zur Wand. Man läuft sonst dagegen, wenn man das Zimmer betritt.

Ich betrachte mein Werk und bin schon ein wenig zufriedener. Über den Stuhl klettere ich auf den Kleiderschrank und stoße die Falltür zum Dachboden auf.

# Unter Verwandten

An den folgenden Tagen sehe ich Hannes nicht. Auch die anderen haben Schwierigkeiten, ihn zu finden. Die Mutter des Jungen kommt mehrmals auf den Hof, um sich bei ihm zu bedanken. Stundenlang sitzt sie bei Gesine, ihrer jüngeren Schwester, in der Küche. Aber Hannes taucht nicht auf, also starrt sie die Wand an. Er scheint das Haus in aller Frühe zu verlassen. Wahrscheinlich schleicht er sich erst wieder herein, wenn wir schlafen.

»Da kann man *einmal* stolz auf ihn sein ...«, sagt Hilke. »Da will man ihn *einmal* loben, und dann ist er nicht da!« Sie sitzt auf meiner Bettkante.

Heute ist es nicht so schrecklich heiß wie an den vergangenen Tagen. Beinahe lässt es sich in meinem Zimmer aushalten. Ich verbringe hier den ganzen Tag, nur zu den Mahlzeiten gehe ich nach unten. Hilke kommt oft herein und geht erst wieder, wenn ich sie dazu auffordere. Sie trägt jetzt täglich Rock und Bluse. Es steht ihr gut, das lässt sich nicht leugnen. Einer der Rettungssanitäter drehte sich ständig zu ihr um, während er den Jungen versorgte. Und Hilke ignorierte ihn mehr als auffällig. Trotz des Schrecks, der sie zittern ließ, wirkte sie beinahe kokett.

»Heißt das«, frage ich, »ihr lobt Hannes sonst nie?«

»Wofür?«

»Arbeitet er nicht gut?«

»Ja, schon. Aber das tun andere auch.«

»Ich hab den Eindruck, er nimmt seine Arbeit ernster als andere.«

»Ach ja? Und wo ist er dann jetzt? Warum treibt er sich tagelang im Wald herum, wenn ihm seine Arbeit so wichtig ist?«

»Du meinst, er ist im Wald?«

Sie zuckt mit den Schultern und zieht ihren Rock glatt. »Ich weiß es nicht. Aber warum verteidigst du ihn eigentlich?« Ihre kleinen Augen sehen einen Moment länger als gewöhnlich in meine. Meistens starrt Hilke auf irgendeine Stelle meines Körpers und nicht in mein Gesicht. »Habt ihr zwei plötzlich Freundschaft geschlossen?«

»Nein«, sage ich. »Nein, ganz und gar nicht.«

Ich sitze auf der Fensterbank und rauche eine Zigarette. Es schmeckt mir nicht. Im Internat rauche ich, weil alle anderen rauchen. Hier auf dem Hof rauche ich, weil sonst niemand raucht. Meine Mutter war Kettenraucherin, und daran ist sie auch gestorben. Klaviervirtuosin mit siebzehn, Lungenkrebs mit Anfang dreißig. Sie beeilte sich mit allem. Ich werfe den Stummel aus dem Fenster. Hilke liegt auf meinem Bett. Ihre Maulwurfsaugen ruhen auf meinem Körper.

»Lass mich jetzt bitte allein«, sage ich.

»Willst du wieder malen?«

»Ich male nicht.«

»Nicht? Und was ist dann dort unter dem Tuch?« Sie deutet auf die Staffelei.

»Was geht dich das an?«

Sie stemmt sich auf die Ellenbogen. Ihr hochgestecktes, braunes Haar hat sich gelöst, der Rock ist nach oben gerutscht. Ich muss an den Rettungssanitäter denken, der seinen Blick nicht von Hilke lassen konnte. Mich hat noch kein Mann so angesehen.

»Warum bist du immer so kühl?«, fragt sie.

»Ich bin nicht kühl. Ich will nur allein sein.«

Sie steht auf und kommt zu mir ans Fenster. »Manchmal ist es besser, nicht allein zu sein.«

Ihre Hand liegt jetzt auf meiner Schulter. Sie knetet sie, wie es ihr Vater getan hat, nachdem der Junge beinahe ertrunken war. Nur ist Hilke, im Gegensatz zu ihrem Vater, einen Kopf kleiner als ich. Um mir in die Augen zu sehen, muss sie ihren Kopf in den Nacken legen. Vielleicht ist das der Grund, weshalb ihr Blick meistens andere Stellen meines Körpers sucht. Sie reckt ihr Kinn empor, während ihre Hand ohne Unterbrechung meine Schulter massiert.

»Wenn ich Gesellschaft will, sag ich dir Bescheid, okay?« Ich streife ihre Hand ab.

Hilke bleibt vor mir stehen. »Wahrscheinlich kann ich mir nicht vorstellen, wie das jetzt für dich ist«, sagt sie. »Ich denke nur, wenn mein Vater gerade gestorben wäre ...«

»Das hat absolut nichts mit meinem Vater zu tun! Ich war auch vor seinem Tod schon gern allein.«

»Du sollst nur wissen, dass ich mich um dich sorge, Clara. Wir alle machen uns Sorgen um dich.«

»Danke, das ist nett von euch. Aber ich komm schon zurecht.«

Wieder greift ihre Hand nach mir, diesmal nach meinem Unterarm. »Wie geht es deinen Mückenstichen?«

»Besser.«

»Soll ich sie nicht ...«
»Nein!«
Ich sehe ihr in die Augen, bis sie ihren Blick abwendet.
»Dann geh ich jetzt mal. Es sei denn, du willst ...«
»Genau *das* ist es, was ich will!«
Endlich lässt sie mich los.
Als sie draußen ist, nehme ich das Tuch von der Staffelei. Nach der Geschichte am Waldsee holte ich eine der weißen Leinwände vom Dachboden. Ich wollte das Wasser malen. Ich wollte malen, wie es ausgesehen hatte, als der Junge um sein Leben gekämpft hatte. Nicht ihn, nur das aufgewirbelte, in alle Richtungen spritzende Wasser. Ich wollte malen, wie es sich dabei in immer winzigere Tropfen auflöste. In einem der Koffer fand ich neben den Hemden meines Vaters Farbtuben und Pinsel. Ich drückte die Farben auf ein Stück Pappe und mischte sie. Das Ergebnis verglich ich mit meiner Erinnerung. Ich war nicht zufrieden, mischte und verglich wieder. Ein paar Mal wiederholte ich den Vorgang, bevor ich den ersten Strich wagte.

Ich sah ihn an, beugte mich so weit vor, dass meine Nasenspitze ihn beinahe berührte. Unwillkürlich drängte sich mir das Wort »Befleckung« auf. Die Leinwand war rein. Mit meinem Pinsel beschmutzte ich sie. Ich versuchte mich zu erinnern, was in der *Symbolik des Bösen* über Befleckung stand. Es hatte natürlich mit Sexualität zu tun. Aber der genaue Wortlaut fiel mir nicht mehr ein. Erst einen einzigen, kurzen, dunkelblauen Strich hatte ich gemalt. Wie ein schiefes Minuszeichen klebte er in der Mitte der Leinwand. Ich stand davor und konnte mich nicht mehr auf mein Motiv konzentrieren. Befleckung. Ich legte den Pinsel auf die farbbeschmierte Pappe und zog das Buch aus dem Regal.

Nur wenige Seiten hatte ich bisher gelesen. *Bewältigt* wäre vielleicht das bessere Wort. Dort war von nichts häufiger die Rede als von Unreinheit und Befleckung. Der Autor schrieb über uralte, Mord weitgehend vernachlässigende Ritualgesetzbücher. Er meinte:

*Man ist verblüfft über die Tragweite und Schwere, die in der Ökonomie der Befleckung den Übertretungen des im Sexualbereich Verbotenen beigemessen wird. Das Aufbauschen des Sexuellen ist geradezu das Merkmal des Befleckungssystems. Es sieht so aus, als habe sich einst eine unlösbare Schuldgemeinschaft zwischen Sexualität und Befleckung geknüpft. Dieses Übergewicht der Sexualverbote wird vollends befremdlich, wenn man die Ausdehnung der Verbotstafel auf moralisch neutrale Handlungen dazunimmt, sowie ferner das Schweigen derselben Ritualgesetzbücher über Lüge, Diebstahl und mitunter Mord. Die sexuelle Befleckung ist eine präethische Vorstellung. Sie kann ethisch werden, wie die Befleckung des Mörders ethisch werden kann, wenn sie als eine Beleidigung der wechselseitigen Mitmenschlichkeit angesehen wird. Sie wurzelt in dem archaischen Glauben an die unheilbringende Macht des vergossenen Blutes. Der Vergleich zwischen Sexualität und Mord kann sich auf dasselbe Bildgefüge stützen: In beiden Fällen ist die Unreinheit an etwas gebunden, das sich durch Berührung und Anstekkung überträgt.*

Ich stand vor der Leinwand und starrte auf meinen Pinselstrich. Ermorden konnte ich die Leinwand mit dem Pinsel nicht. Auch ähnelte meine Malerei keiner sexuellen Praktik. Glaubte ich zumindest. Aber in dem Buch war auch von Beleidigung die Rede: *Beleidigung der wechselseitigen Mitmenschlichkeit.* Zwar war die Leinwand kein Mensch. Trotzdem hatte ich das Gefühl, sie mit meiner Schmiererei zu beleidigen. Und falls ich nicht sie beleidigte, dann vielleicht meinen Vater. Was hätte er mit der Leinwand anstellen können! Ich dachte wieder an das Bild des Wassergeistes, daran, wie mein Vater Wasser gemalt hatte. Am liebsten hätte ich aufgegeben, noch bevor ich richtig angefangen hatte.

An diesem Nachmittag, nachdem der Junge beinahe ertrunken war, malte ich schließlich trotzdem weiter. Ich malte bis spät in die Nacht. Als ich hoffte, fertig zu sein, erkannte ich nicht, was mein Bild darstellen sollte. Am nächsten Tag holte ich eine neue Leinwand vom Dachboden. Sie war kleiner als die andere. Ich wollte bei meinen ersten Versuchen nicht zu viel von dem kostbaren Material verschwenden.

Es wurde nicht besser, doch ich malte weiter.

Jetzt stehe ich wieder vor der Staffelei. Und wieder sehe ich alles Mögliche: einen Schwarm Vögel, einander kreuzende Eisenbahnschienen, eine Ameisenstraße, ein verbeultes Fahrrad. Nur eben kein spritzendes Wasser über der Oberfläche eines Waldsees. Langsam befürchte ich, es wird mir nie gelingen. Aber ich will die Malerei jetzt nicht mehr aufgeben. In den vergangenen Tagen habe ich die Stunden vor der Staffelei lieben gelernt. Ich kann mich an keine tiefere Befriedigung erinnern. Die stundenlange Versenkung in mal kurze, mal längere Pinselstriche. Das Mischen der Farben. Das Übermalen von Stellen, die noch weniger gelungen sind als die übrigen. Ich habe gelernt: Nichts anderes lässt mich äußerlich so ruhig und erregt mich zugleich innerlich so sehr.

Also werde ich weitermachen. Das steht fest, davon bringt mich niemand ab. Nur sollte ich mir ein anderes Motiv suchen. Vielleicht ist bewegtes Wasser zu flüchtig. Mit dem Pinsel kann ich es so wenig festhalten wie mit der Hand. Ich nehme das unfertige Bild von der Staffelei. Neben dem Kleiderschrank lehne ich es gegen meine anderen Versuche. Dann hole ich eine neue weiße Leinwand vom Dachboden.

Das Wort »Befleckung« pulsiert in meinem Kopf, während ich Farbe aus Tuben drücke. Ich sehe die Leinwand an, und alles, was ich denken kann, ist dieses Wort. Ich nehme den Pinsel in die Hand und stehe bewegungslos vor der Staffelei.

Befleckung.

Ich habe keine Ahnung, was ich malen soll. Ich habe keine Ahnung, was ich malen kann. Ich höre nur dieses Wort. Schließlich vermischt es sich mit sexuellen Fantasien. Die Bilder nackter Körper gehen in naturwissenschaftliche Darstellungen über. Das ist bei mir immer so. Davon habe ich noch nicht einmal Leonie erzählt. Ich sehe Abbildungen aus meinen Biologiebüchern: Querschnitte der weiblichen und männlichen Geschlechtsorgane. Ich denke an das limbische System. Im menschlichen Gehirn ist es für den Sexualtrieb zuständig. Ich denke an die Hypophyse, die kirschkerngroße Hirnanhangdrüse, die Brücke zwischen Nervensystem und Hormonhaushalt.

Ich weiß nicht, wie lange ich so dastehe. Ich sehe auf die Leinwand. Meine Arme hängen herunter. Vom Pinsel tropft Farbe auf den Holzfußboden.

Bis ich schließlich weiß, was ich malen werde.

Mit der leichten Abkühlung hat sich die Zahl der Mücken verringert. Ich habe kaum neue Stiche bekommen. Allerdings habe ich auch kaum das Haus verlassen. Mir ist deshalb nicht wohl, als ich den Wald betrete. Ich schlage nach Mücken, die vielleicht gar nicht da sind. Sobald ich den Hochsitz erreiche, denke ich jedoch nicht mehr an sie. Hannes ist nicht überrascht, mich zu sehen.

»Ich h-habe gewartet«, sagt er.

Ich strecke ihm meinen Arm entgegen, und er zieht mich hoch. Wie beim letzten Mal setze ich mich auf die Bank, er kniet auf dem Boden.

Auch die Spinne ist da. In den vergangenen Tagen hat sie sich nicht von der Stelle bewegt. Zoologie ist nicht gerade mein Fachgebiet. Ich weiß nicht, zu welcher Gattung die Spinne gehört. Ich würde sie gern bestimmen, doch mein Bestimmungsbuch liegt im Internat. Sie ist etwa drei Zentimeter groß und schwarz. Im Verhältnis zum Körper besitzt sie auffallend große Mundwerkzeuge. Ich habe gelernt: Dort befinden sich die Giftdrüsen. Mit dem Gift betäubt die Spinne ihre Opfer.

Heute bin ich diejenige, die zur Spinne hinaufsieht, ohne ein Wort zu sagen. Hannes sieht mich an. Ich habe ihn immer für besonders geduldig gehalten. Hat er diese Geduld durch sein tagelanges Warten auf dem Hochsitz nicht erneut bewiesen? Doch jetzt scheint es mit seiner Geduld vorbei zu sein. Wir sitzen noch nicht lange schweigend da, als er unter die Sitzbank greift. Er löst eine der Holzlatten aus der Wand des Hochsitzes. Ich beuge mich vornüber und sehe ebenfalls unter die Bank. Die Wand ist doppelt. Aus dem Zwischenraum zieht Hannes etwas hervor. Wortlos legt er es auf meinen Schoß.

Es ist die Familienbibel. Meine Handflächen streichen über den schweinsledernen Einband. Wie Brandzeichen zieren abstrakte Ornamente das Leder. Ich blätterte in der Bibel. Verzierungen aus Blattgold umrahmen die Titel der verschiedenen Bücher. Sie gleichen den Ornamenten auf dem Einband. Wie Kletterpflanzen umschlängeln sie die altmodischen Buchstaben. Oder wie aufgewirbeltes Wasser. Hier ist einem Künstler gelungen, was ich nicht schaffe: die Form des flüchtigsten aller Elemente festzuhalten.

Weil ich ärgerlich war, verlangte ich von Hannes, mir die Bibel zu beschaffen. Ich wusste, welche Qualen es ihm bereiten würde, seine Mutter zu bestehlen. Zugleich war ich mir sicher, dass er es dennoch tun würde. Um ihn leiden zu sehen, spielte ich mit seinem übersteigerten Pflichtgefühl. Außerdem freute ich mich auf Tante Hellas Gesicht: ihre Überraschung, ihre Verunsicherung, ihr Leid, wenn sie nicht mehr in der Bibel lesen könnte. Das Buch selbst war mir in dem Augenblick egal. Die Aussicht auf seinen Besitz bedeutete mir neulich nichts. Erst jetzt, als ich die feinen Ornamente betrachte, erhält die Bibel einen Wert für mich. Plötzlich bin ich Hannes dankbar.

»Seit wann hast du sie?«, frage ich.

»Als der J-J-Jung-g-ge ...« Er stockt, bekommt es nicht heraus.

Ich erinnere mich, wie Hannes neulich am See auftauchte. Von links kam er, von hier, wo der Hochsitz steht. Als er zum See kam, wollte er mich holen.

»Als der Junge beinahe ertrunken wäre?«

Er nickt.

Ich klappe das Buch wieder zu und streiche über das Leder. Es ist kühl. Die eingebrannten Ornamente fühlten sich wie Narben an. Ich liebe sie. Ich will die Bibel mit in mein Zimmer nehmen. Ich will die ledernen und blattgoldenen Verzierungen betrachten, während ich male.

Es geht mir nicht darum, die Ornamente abzumalen. Seit heute Morgen arbeite ich an einem neuen Motiv. Trotzdem will ich die Bibel beim Malen in der Nähe haben. Ich will sehen, dass jemandem gelungen ist, woran ich selbst gescheitert bin. Es wird mir bestätigen, dass alles mög-

lich ist und deshalb auch ich etwas schaffen kann. Nicht dieses Motiv, aber ein anderes, mir näheres.
Ich weiß, dass es zu riskant wäre.
»Wir lassen sie hier. Versteck sie wieder hinter dem Brett!«
Hannes wirkt enttäuscht. Er hat mir die Bibel gebracht, und jetzt will ich sie nicht behalten. Fragend sieht er mich an.
»Meinst du nicht, dass deine Mutter sie suchen wird? Sie hat doch jeden Tag darin gelesen!«
»Sie sucht schon«, sagt er.
»Hast du sie dabei beobachtet?«
Er schüttelt den Kopf.
»Woher weißt du es dann?«
»Ihre Au- … Ihre Au- …« Er sieht zur Decke und holt Luft. »Ihre Augen.«
»Ich dachte, du wärst in den letzten Tagen nicht zu Hause gewesen. Keiner hat dich gesehen. Wann hast du deine Mutter gesehen?«
»Nachts.«
Was soll ich davon halten? Schläft meine Tante denn nicht? Ich frage nicht nach. »Nimm jetzt das Buch!«, sage ich.
Hannes zögert noch.
»Nun mach schon!«
Endlich gehorcht er. Er nimmt die Bibel aus meinen Händen und verbirgt sie wieder hinter dem Brett. Ich frage mich, warum der Hochsitz eigentlich eine doppelte Wand besitzt. Hat Hannes selbst die zweite Lattenreihe angenagelt? Versteckt er dahinter noch andere Dinge? Auch danach frage ich ihn nicht.
»Wenn ich es mir ansehen will«, sage ich, »dann komme ich hierher.«
Hannes sieht auf den Boden. Er tut mir leid. Ich könnte mich bei ihm bedanken. Stattdessen sage ich:
»Du solltest dich mal wieder auf dem Hof blicken lassen. Die Mutter des Jungen war schon ein paar Mal da. Sie will sich bei dir bedanken.«
Er hebt seine Lider und sieht mich an. Seine Augen sind wie Wasser. Es sind die Augen seiner Mutter. Es sind die Augen meines Vaters. Ich sehe sie gern an. Auch das könnte ich ihm sagen. Ich öffne meinen Mund, zögere eine Sekunde und sage:
»Es ist auch viel Arbeit liegen geblieben, als du weg warst.«

Ich gehe allein zum Hof zurück. Durch den Türspalt sehe ich Tante Hella in der Stube. Sie sitzt an ihrem üblichen Fensterplatz und näht. Dazu trägt sie eine kleine runde Brille und beugt sich weit nach vorn. Zum

Lesen braucht sie noch keine Brille. Aber lesen wird sie ja nun nicht mehr. Als sie den Kopf hebt, trete ich hinter die Tür. Hoffentlich hat sie mich nicht bemerkt. Ich schleiche den Flur entlang zum Büro meines Onkels. Sein Büro liegt auf der anderen Seite des Hauses. Onkel Schorsch verbringt dort die meiste Zeit. Auf dem Feld arbeitet er kaum noch. Es gibt auch nicht mehr so viel Arbeit wie in den vergangenen Jahren. Hilke hat mir erzählt, er habe Land verkauft. Die Landwirtschaft stecke in einer Krise, und er brauche das Geld, um Schulden zu bezahlen. »Am liebsten würde er ganz aufhören«, hat Hilke gesagt, »und aus dem Hof ein Hotel machen. Jetzt sitzt er ständig an seinem Schreibtisch und versucht auszurechnen, wie sich das machen lässt.«

Mir gefällt die Idee. Wenn ich schon hier leben muss, habe ich lieber Gäste um mich als meine Verwandten. Allerdings kann ich mir nicht vorstellen, warum jemand hier Urlaub machen sollte. Bisher verbrachte ich jede Sommer- und Weihnachtsferien auf dem Hof. Im Ausland war ich noch nie. Wenn ich ins Internat zurückkehrte, erzählten meine Mitschüler von ihren Reisen: Barcelona, London, San Francisco, Provence, Toskana, die norwegischen Fjorde, die Sümpfe von Louisiana. Für mich klangen diese Namen alle gleich. Jeder Ort muss schöner sein als der Hof meiner Familie, jede Gesellschaft interessanter als ihre. Hätte ich doch neulich im Zug nicht aus dem Fenster gesehen. Hätte Hannes mich doch nicht hinter der Scheibe entdeckt. Wäre ich doch weitergefahren nach Bremerhaven. Irgendein Schiff hätte ich schon gefunden, für irgendeine Fahrkarte hätte mein Geld schon gereicht.

Aus dem Büro meines Onkels ist nichts zu hören. Ich klopfe nicht an, drücke nur die Klinke herunter und trete ein. Hilke hatte recht. Er sitzt am Schreibtisch. Nur sieht er nicht in seine Geschäftsbücher. Seine winzigen Augen blicken in Gesines aufgeknöpfte Bluse. Mit hochgeschobenem Rock sitzt sie breitbeinig auf seinem Schoß.

Sofort mache ich kehrt. Aber draußen auf dem Flur bin ich mir sicher, dass die beiden mich bemerkt haben. Für die zwei Stockwerke durchs Treppenhaus benötige ich nur wenige Sekunden. In meinem Zimmer nehme ich das Tuch von der Staffelei.

Ich male eine halbe Stunde. Dann öffnet er die Tür und kommt herein.

»Kannst du nicht anklopfen?«, frage ich. Ich werfe das Tuch wieder über das Bild. Den Pinsel stelle ich in ein mit Leitungswasser gefülltes Marmeladenglas. Die Pappe, die mir als Farbpalette dient, lege ich auf den Stuhl. Ich setze mich auf die Fensterbank und zünde mir eine Zigarette an. Dabei vermeide ich es, ihn anzusehen. Er hat die Tür hinter sich geschlossen und beobachtet mich stumm. Erst als ich diesem Blick nicht mehr standhalte und ihn erwidern muss, spricht er.

»Du nimmst es doch auch nicht so genau mit den Umgangsformen. Oder hab ich dein Klopfen vorhin überhört?«

Ich wende mich wieder ab und blase Rauch aus dem Fenster. Onkel Schorsch kommt auf mich zu und bleibt nur wenige Zentimeter vor mir stehen. Ein Stoß von ihm, denke ich, und ich liege mit gebrochenem Genick vor dem Haus. Allerdings glaube ich kaum, dass er es tun würde. Warum auch? Nur weil ich ihn mit einer Angestellten erwischt habe? Trotzdem ist es mein erster Gedanke. Ich erinnere mich an seine Hand, wie sie meine Schulter knetete. Kein Zweifel, er ist kräftig. Mit meiner linken Hand greife ich nach dem Fensterrahmen. Er bemerkt es.

»Was ist los?«, fragt er. »Hast du Angst vor mir?«

»Warum sollte ich?«

Er kommt noch einen winzigen Schritt näher. Sein rechtes Bein berührt mein angewinkeltes linkes. »Eben, warum solltest du?« Mit einer Hand stützt er sich am Fensterrahmen ab.

Ich kann ihn riechen, eine merkwürdige Mischung aus Schweiß und Minze.

»Warum solltest du Angst vor mir haben? Kannst *du* es mir sagen, Clara?«

Ich ziehe an meiner Zigarette und sehe weiter zur Auffahrt hinunter. Niemand ist dort.

Er merkt, dass ich ihm nicht antworten werde, also tut er es selbst.

»Vielleicht, weil du ein ungezogenes Mädchen warst?«

»Hör zu, Onkel Schorsch ...«

»Nicht in diesem Ton!« Er spricht plötzlich lauter.

Ich kralle mich fester in den Rahmen. »Es ist mir egal«, sage ich, »was du mit Gesine treibst.«

Beim letzten Wort höre ich ihn einatmen.

»Das kann dir auch tatsächlich egal sein.« Seine Stimme ist jetzt wieder ruhig, beinahe angenehm. »Weil es dich nämlich nichts angeht.«

»Na, dann haben wir das ja geklärt. Lässt du mich jetzt bitte wieder allein?«

»Nein.«

Ich lasse meine Zigarette fallen und sehe ihn an. Sein Mund ist leicht geöffnet. Ich spüre seinen Atem.

»Denn auch wenn es dich nichts angeht«, sagt er, »möchte ich doch, dass du es verstehst.«

»Ich sage doch: Es ist mir egal!«

»Hör mir zu!«

Ich spüre seinen mittlerweile vertrauten Griff an meiner Schulter.

»Was du im Büro gesehen hast, ist nichts Schlimmes.«

»Natürlich nicht! Ich bin kein Kind mehr, Onkel Schorsch. Du musst nicht glauben, es hätte mich verstört, euch zu sehen!«

»Sicher, du hast recht, du bist kein Kind mehr.« Der Druck seiner Hand wird ein bisschen stärker. »Ich will es dir trotzdem erklären ...«

Jetzt muss ich lachen. »Nicht nötig, wirklich!«

Er scheint mich nicht zu hören. »Weißt du«, sagt er, »ich liebe deine Tante. Ich wüsste nicht, was ich ohne sie anfangen würde. Der Hof, die ganze Arbeit ...«

Ohne sie, denke ich, hättest du den Hof gar nicht. Aber ich bleibe still.

»Sie ist einfach wunderbar ... auf ihre Art. Aber über manche Dinge hat sie sehr spezielle Ansichten. Und an manchen Tagen machen solche Ansichten einem Mann das Leben nicht unbedingt leichter.«

»Schon klar. Und heute war so ein Tag.«

Er lächelt. »Ich sehe, du verstehst mich, Clara!«

»Ich hab dich schon die ganze Zeit verstanden. Würdest du mich jetzt bitte loslassen?«

»Oh!« Für eine Sekunde sieht er seine Hand an, als gehörte sie nicht zu ihm. Endlich nimmt er sie von meiner Schulter. »Natürlich, entschuldige!«

»Ich wäre jetzt wirklich gern allein.«

»Kein Problem!« Lächelnd geht er zur Tür, dreht sich dann aber doch noch einmal um. »Was wolltest du eigentlich in meinem Büro?«

»Ich wollte fragen, wo die Bilder sind.«

»Welche Bilder?«

»Die Gemälde meines Vaters natürlich. Im ganzen Haus hängt nur noch ein einziges. Ich hab auf dem Dachboden nachgesehen, aber dort sind sie auch nicht.«

»Er hat sie verkauft.«

»Alle?«

»Ja.«

»Ich dachte, es hat sich so gut wie niemand dafür interessiert.«

»Er hat auch fast nichts dafür bekommen. Wahrscheinlich war es ihm irgendwann egal. Wenn einem das Wasser bis zum Hals steht, nimmt man, was man kriegen kann. Entschuldige, ich will nicht schlecht von ihm reden. Aber ich hab dir ja erzählt, wie es um seine Finanzen stand!«

»Ja ...«

»Wenn er doch nur einmal was gesagt hätte!«

»Hättest du ihm denn geholfen?«

»Clara!« Er macht ein schockiertes Gesicht. »Ich bitte dich! Unter Verwandten ...«

Ich verrate ihm nicht, was Hilke mir über seine eigenen Finanzen erzählt hat. »Entschuldige!«, sage ich. »Dumme Frage!«

Er sieht zur Staffelei hinüber. »Du malst jetzt auch?«

»Nur Geschmiere!«

»Das ist genau, was ich denke, wenn ich moderne Kunst sehe! Aber weißt du, wie viel Geld die Schmierfinken verdienen?«

Ich habe keine Ahnung. Ich nicke.

»Also, tob dich ruhig aus an deiner Staffelei! Wer weiß, vielleicht hast du mal mehr Erfolg als dein Vater!«

Ich schüttele den Kopf. »Bestimmt nicht. Aber um noch mal auf seine Bilder zu kommen: Ich erinnere mich an ein Porträt meiner Mutter. Sie sitzt am Flügel, die Hände auf den Tasten. Schwarzer Rock, weiße Bluse ohne Ärmel, eine Kette aus blauen Edelsteinen. Hat er das auch verkauft?«

»Das muss er wohl, wenn es nicht bei seinen Sachen ist.«

Ich sehe auf den Fußboden und schweige. Onkel Schorsch lässt die Türklinke los und kommt wieder einen Schritt auf mich zu. Schnell sehe ich ihn an, damit er stehen bleibt.

Er sagt: »Es ist nicht leicht für dich, was?«

Ich reagiere nicht.

»Ich möchte nur ...« Er stockt und korrigiert sich: »*Wir* möchten nur, dass du weißt, wie froh wir sind. Weil wir für dich da sein dürfen.«

Ich nicke. »Ich weiß es.«

»Kann ich dich jetzt allein lassen?«

»Natürlich.«

»Wirklich?«

»Ganz bestimmt!«

»Du bist ein tapferes Mädchen«, sagt er, dreht sich um und geht hinaus.

Ich sehe zur Uhr auf der Kommode: nur noch wenige Minuten bis zum Abendessen. Gern würde ich sofort weitermalen. Gerade als mein Onkel hereingekommen ist, habe ich etwas Wesentliches über die Haltung des Pinsels begriffen. Bisher habe ich ihn meistens zu stark abgewinkelt und gleichzeitig zu viel Druck ausgeübt. Deshalb gelingen mir keine feinen Linien. Ich will das Tuch von der Leinwand nehmen und weitermalen. Gleichzeitig will ich nicht unpünktlich beim Essen erscheinen. Ich habe einen Eid abgelegt, vor mir selbst und vor meinem toten Vater. Also wasche ich meine Hände und gehe nach unten.

Überraschend erscheint auch Hannes in der Küche und nimmt auf seinem gewohnten Stuhl Platz. Gesine ruft ihre Schwester an. Dabei sieht sie mich betont selbstbewusst, beinahe herausfordernd an. Binnen einer halben Stunde sitzt die Frau mit der Lederhaut an unserem Küchentisch. Sie sagt, ihrem Jan gehe es schon wieder beinahe so gut wie eh und je. Trotzdem müsse er sich noch schonen. Anstelle von ihm sei sie nun hier, um sich bei »seinem Retter« zu bedanken. Sie drückt Hannes beide Hände, umarmt ihn und bricht in Tränen aus. Solche Gefühlsausbrüche habe ich ihr nicht zugetraut. Sogar ihre Haut sieht aufgeweicht aus durch die Emotionen. Oder vielleicht doch eher durch die Tränen.

Hannes wirkt überfordert. Er löst sich aus der Umarmung, schiebt die Frau weg und meidet ihren Blick. Hätte er gewusst, was ihn hier erwartet, wäre er sicher im Wald geblieben. Die ganze Zeit bleibt er so stumm wie seine Mutter.

Die ist zwar gerührt und glücklich, ihren Sohn nach Tagen wieder zu Hause zu wissen. Gleichzeitig meine ich aber, noch etwas anderes in Tante Hellas Blick zu erkennen: Misstrauen. Ich weiß nicht, ob ich richtig beobachte und gegen wen sich dieses Misstrauen richtet. Aber wenn ihr Blick in meine Richtung wandert, sehe ich hinunter auf den Teller.

# Unter die Hufe

Wasser ist formlos, deshalb kann ich es nicht malen. So wenig, wie ich es greifen kann. Versuche ich es doch, so zerrinnt es zwischen meinen Fingern. Es erscheint chaotisch. Und doch finden die unzähligen Tropfen wieder zusammen und organisieren sich neu. Also ist Ordnung im Chaos. Vielleicht ist es das, was mich am Wasser fasziniert: die ständige Bewegung, das unfassbare Chaos, das doch immer zu einer Ordnung zurückfindet. Vielleicht ist es das, was ich mir wünsche.

Ich habe nach einem Motiv gesucht, das strenger geordnet und deshalb leichter zu begreifen ist. In der Nervenzelle habe ich es gefunden.

Ich habe gelernt: Der menschliche Organismus besitzt pyramiden- und sternförmige Nervenzellen. In einem meiner Bücher habe ich die mikroskopische Abbildung einer sternförmigen Nervenzelle gefunden. Die Dendriten verzweigen sich wie die Äste eines Baumes. Ein wenig erinnern sie auch an spritzendes Wasser. Dennoch besitzen sie eine feste Form. Das Bild aus dem Elektronenmikroskop dient mir als Vorlage für meine Malerei.

Täglich male ich mehrere Stunden. Mal konzentriere ich mich auf eine plastische Darstellung des Zellkörpers. Ein anderes Mal bedecke ich die Leinwand mit einem Geflecht aus Dendriten und Axonen. Durch diese dünnen Fortsätze des Zellkörpers werden Informationen weitergeleitet. Auf meinem nächsten Bild will ich noch näher herangehen. Ich will noch weiter eintauchen in den Mikrokosmos des Nervensystems. Ich will den synaptischen Spalt malen, die Verbindungsstelle zwischen Axon und Muskelfaser. Ich will zeigen, wie die Übertragerstoffe aus den synaptischen Bläschen austreten. Wie sie die Poren in der Membran der Muskelzelle öffnen. Genau diesen Moment will ich festhalten: wenn die Übertragerstoffe die Muskelzelle erregen.

Wenn ich meine Malerei beendet habe, lese ich alles über das Nervensystem und seine Störungen. Ich habe gelernt: Bei depressiven Menschen ist die Erregbarkeit der Zellen geschwächt. Die Übertragerstoffe am synaptischen Spalt sind gehemmt. Das ist die Ursache für die Gleichgültigkeit depressiver Menschen, für ihr Unvermögen, Lust zu empfinden. Um die Inaktivierung der Übertragerstoffe zu verzögern, gibt es bestimmte

Medikamente. Sie sollen die Erregbarkeit der Zellen steigern und so die Stimmung aufhellen.

Auf dem Dachboden habe ich neben Farben und Lösungsmitteln auch Medikamente gefunden. Ich habe sie mit in mein Zimmer genommen. In einem meiner Bücher finde ich eine Liste von Antidepressiva. Bei den stimmungsaufhellenden Medikamenten steht *Tofranil* an erster Stelle. Mein Vater besaß davon einen beachtlichen Vorrat. Stimmungsaufhellend. Schwer zu glauben, dass er es regelmäßig einnahm.

Während ich male, muss ich oft an ihn denken. Nicht an gemeinsame Erlebnisse, eher an seine Malerei. Ich wünschte, er wäre bei mir, hier in diesem Zimmer vor der Staffelei. Nicht, um mit ihm über mein Leben oder über seine Krankheit zu sprechen. Ich bräuchte seinen Rat und seine Hilfe bei meiner Malerei.

Die Farben bereiten mir Kopfzerbrechen. Die Abbildungen aus dem Elektronenmikroskop sind schwarz-weiß. Die farbigen Fotos von Gehirnsektionen sind zu ungenau, um mir als Vorlage zu dienen. Sie sind nicht nah genug am Motiv, einzelne Zellen sind nicht zu erkennen. Welche Farben soll ich wählen für etwas, das mit bloßem Auge nicht zu erkennen ist? Soll ich überhaupt eine realistische Darstellung anstreben? Wie hätte mein Vater gemalt, was man nicht sehen kann?

Ich denke an das Bild vom Wassergeist. Sein Kopf gleicht dem Körper einer Nervenzelle. Das Geflecht von Haaren sind die vielfach verzweigten Dendriten. Die Wasserpflanzen ähneln Axonen, die Botschaften von anderen Nevenzellen übermitteln. Dem Wassergeist vermitteln sie durch die Nymphen Eindrücke von der Welt über dem See. Mein Vater hätte Antworten. Er könnte mir sagen, welche Farben sich eignen und wie viel Realismus ratsam ist.

Wenn ich ohne Hilfe nicht mehr weiterkomme, gehe ich in den Wald. Ich steige die Leiter zum Hochsitz hinauf und löse das Brett unter der Bank. Die Bibel hilft mir. Nicht die Geschichten, die lese ich nicht. Die Ornamente machen mir Mut. Stundenlang versenke ich mich in ihre Betrachtung. Mein Blick fährt die vielfach gewundenen, pflanzenartigen Verzierungen aus Blattgold entlang. Dabei vergesse ich die Bäume um mich herum und den Hof am Rand des Waldes.

Einmal kommt Hannes dazu. Ich erschrecke, als er plötzlich vor mir steht. Beinahe schicke ich ihn weg. Aber dann sage ich nichts und sehe wieder auf das vergilbte Papier. Vor meinen Füßen setzt er sich auf den Boden. Während ich die Verzierungen in der Bibel studiere, sieht Hannes zum Dach des Hochsitzes hinauf. Am Rand ihres Netzes sitzt noch immer die Spinne. Schließlich taucht Hannes jedes Mal beim Hochsitz auf, wenn ich dort in der Bibel blättere. Er scheint mich zu beobachten und mir zu folgen, sobald ich das Haus verlasse. Ich schicke ihn nicht weg. Wir sitzen schweigend da, er die Spinne, ich das Blattgold betrachtend.

Ich überlege, ob ich ihm etwas über Spinnen erzählen soll. Doch, wie gesagt, kenne ich mich in der Zoologie nicht besonders gut aus. Lediglich über die Wirkungsweise von Spinnengift im Körper der Opfer könnte ich reden. Ich habe gelernt: Das Gift der Schwarzen Witwe bewirkt eine schlagartige Entleerung der synaptischen Bläschen. Aufgrund des hohen Tempos dieses Vorgangs ist der Verlust nicht wieder auszugleichen. So wird unter anderem die Zwerchfell- und Rippenmuskulatur außer Funktion gesetzt. Die Folge ist Tod durch Atemlähmung.

Ich glaube nicht, dass Hannes sich dafür interessiert. Allein die Betrachtung der Spinne scheint ihn zu befriedigen. Sie sitzt so bewegungslos wie wir selbst an ihrem Platz.

Wenn ich genug gesehen habe, verberge ich das Buch wieder unter der Bank. Hannes hilft mir, das Brett zu befestigen. Er achtet darauf, dass es nicht auffällt, wenn man einen Blick unter die Sitzbank wirft. Manchmal klettert er mit mir die Leiter hinunter und begleitet mich durch den Wald. Das ist in Ordnung. Aber ich will nicht, dass die anderen uns zusammen aus dem Wald kommen sehen. Also sage ich ihm am Waldrand, er soll noch eine Weile unter den Bäumen bleiben. Er gehorcht immer.

Tante Hella gehe ich aus dem Weg. Sie hat nie eine Andeutung über die verschwundene Bibel gemacht. Gerade das macht sie mir jetzt unheimlich. Anders als sonst kann ich ihre Blicke nicht mehr in eine mir verständliche Sprache übersetzen. Sie sieht mich an, und ihr Blick scheint tiefer in mich einzudringen als je zuvor. Doch ich weiß nicht, ob sie dort drinnen findet, wonach sie sucht. Verdächtigt sie mich? Ihre Blicke verraten nichts darüber.

Auch Onkel Schorsch, Hilke und Gesine verlieren kein Wort über die Bibel. Vielleicht haben sie noch gar nicht bemerkt, dass Tante Hella nicht mehr liest. Warum teilt sie uns nicht mit, was geschehen ist? Bei wichtigen Angelegenheiten schreibt sie sonst Zettel, damit kein Missverständnis möglich ist. Zweifellos ist für sie das Verschwinden der Familienbibel eine wichtige Angelegenheit. Warum behält sie es für sich? Kaum zu ertragen ist der Blick in ihre Augen, in die Augen meines Vaters. Schließlich tue ich alles, um sie nicht sehen zu müssen.

So vergehen die Tage. Ich verbringe sie malend oder lesend in meinem Zimmer. Oder ich sitze mit Hannes, der Spinne und der Bibel auf dem Hochsitz. An die gemeinsamen Mahlzeiten halte ich mich weiterhin.

Doch ich schlinge mein Essen hinunter, um die Küche möglichst schnell wieder zu verlassen.

Im Juli kehrt die Hitze zurück. Sie erscheint mir schlimmer als bei meiner Ankunft. Auch die Mücken haben sich wieder vermehrt. Doch ich lerne, die Stiche und den Juckreiz zu ignorieren. Genauso ignoriere ich die Hitze in meinem Zimmer, wenn ich vor der Staffelei stehe. Seit über einem Monat ist kein Tropfen Regen gefallen. Auf den Feldern vertrocknet das Getreide. Onkel Schorsch sagt:
»Dieser Sommer ist mein Ruin.«
Einige Tage vor seinem Geburtstag folgt er mir nach dem Frühstück in mein Zimmer. Er fragt, ob mir eine Geburtstagsfeier etwas ausmachen würde.
»Du sollst nicht denken, dass wir deine Trauer nicht respektieren«, sagt er.
»Bin ich denn die Einzige, die trauert?«, frage ich.
»Natürlich nicht! Du weißt, was mir dein Vater bedeutet hat!«
Ich weiß es nicht. Ich schweige.
»Aber du weißt ja auch, dass es mein Fünfzigster ist. Ich will halb Fleetstedt einladen. Wenn schon, denn schon, finde ich! Obwohl ...«, – er verdreht die Augen –, »... ich es mir eigentlich nicht leisten kann.«
»Du bist eben ein großzügiger Mensch.«
»Ach ...« Abwehrend hebt er eine Hand. Mit der anderen streicht er mir wie zum Dank für dieses Kompliment über die Wange. »Ich hab's nur gern, wenn's fröhlich zugeht. Die Leute haben so wenig zu lachen heutzutage!«
»Ich werde euch den Spaß nicht verderben«, sage ich.
Und so werden die Einladungen nicht zurückgezogen. Im Gegenteil, es kommen noch einige neue hinzu. Er lädt Gesines Schwester und ihren Sohn ein, außerdem die beiden Lehrerinnen und die Sanitäter.
»Gerade die haben nach dem Schrecken einen schönen Tag verdient!«, sagt er.
Der schöne Tag beginnt am Mittag. Auf der Wiese zwischen Haus und Wald steht eine Tafel aus Fichtenholz. Sonst grast hier der Schimmel. Hannes hat mit den Arbeitern einen halben Tag lang Bretter auf zersägte Baumstämme genagelt. Andere Stämme liegen als Sitzbänke zu beiden Seiten des Tisches. Hilke und die Lehrerinnen piekst die Rinde der Fichten in den Hintern. Ihre Röcke sind zu dünn.
Auch heute zieht Hilke wieder die Blicke auf sich. Sie hat ihr Haar rot gefärbt. Auf manche Leute vom Dorf wirkt das exotisch. Gemeinsam mit

Gesine und mir versorgt sie die Gäste mit Getränken. Männer und Frauen flüstern jeweils untereinander, wenn Hilke an ihnen vorbei geht. Ich selbst höre nur Beschwerden darüber, wo die kalten Getränke bleiben. Dabei kann sich niemand über einen Mangel an Bier und Schnaps beklagen. Die Mehrheit der Gäste ist betrunken, noch bevor Onkel Schorsch das gegrillte Ferkel anschneidet. Auf der Wiese gibt es keinen einzigen Schatten spendenden Baum. Die Hitze ist heute noch drückender als in den vergangenen Tagen. Die Leute schütten sich ihre Getränke literweise in den Rachen. Und während sie das Wasser sofort wieder ausschwitzen, bleibt der Alkohol im Körper zurück. Natürlich in umso höherer Konzentration.

Als ich am Nachmittag Kaffee und Kuchen hinausbringe, brechen die ersten Gäste bereits wieder auf. Schwankend oder einander stützend kommen sie mir, Hilke und Gesine entgegen. Im Vorbeigehen kneift mich ein Mann in die Seite und murmelt etwas. Ich verstehe nur das Wort »Scheune«. Er ist einer der Rettungssanitäter, groß und dunkelhaarig. Neulich hat er mir gefallen. Heute weiß ich nicht, ob er von uns dreien wirklich mich angesehen hat. Vielleicht hat seine Hand nur zufällig meine Taille gefunden. Er stiert auf die Erde. Gesine ruft ihm zu, er solle sich ins Haus verziehen und sich ein Taxi rufen.

Nachdem wir den Kaffee verteilt haben, hält Onkel Schorsch eine Rede. Er hätte es besser früher getan. Seine Aussprache wird von Minute zu Minute undeutlicher. Ich kann mir nicht vorstellen, dass jemand mehr als zwei aufeinanderfolgende Sätze versteht. Ich glaube auch nicht, dass sich noch viele Gäste länger als zehn Sekunden konzentrieren können. Trotzdem wird oft geklatscht. Trotzdem gibt es viele bestätigende Zwischenrufe. Diese ermutigen Onkel Schorsch dazu, seine Rede auszudehnen. Vom Thema seines Geburtstags kommt er auf das Zusammenleben mit seiner »geliebten Familie« zu sprechen. Daran knüpft er zunächst landwirtschaftliche, dann volkswirtschaftliche Themen. Und von dort ist es über die Finanzpolitik nur noch ein kleiner Schritt zur Weltpolitik.

Ich habe keine Lust mehr, die Kellnerin zu spielen. Also setze ich mich zu denen, die sich von Anfang an gelangweilt haben: den Kindern, die an einem Extratisch Kuchen in sich hineinstopfen. Es sind nur vier oder fünf Jungen und Mädchen. Ich schätze sie zwischen fünf und fünfzehn Jahren. Keine zwei Kinder sehen gleich alt aus. Sie sind jeweils gerade so weit auseinander, dass sie sich nicht für dieselben Spiele interessieren. Alle wollen nur mit den nächstälteren spielen, woran diese jedoch kein Interesse zeigen. Als ich mich zu ihnen setze, wittert das älteste Kind, ein strohblonder Teenager, seine Chance. Das Mädchen fragt mich, ob mir auch so langweilig sei.

»Warum ich hier bei den Kindern sitzen muss«, sagt es, »verstehe ich sowieso nicht.« Dabei schlägt es die Beine übereinander wie ein Fotomodell. Ich sage: »Quatsch mich nicht voll, okay!?« Dann nehme ich den Kuchen von seinem Teller und esse ihn auf.

Jan, der Junge aus dem Zug, sitzt auch am Kindertisch. Wie die übrigen Kinder scheint er sich zu langweilen. Bis eben war er damit beschäftigt, einem kleineren Jungen Grasbüschel ins T-Shirt zu stecken. Jetzt sieht er mir zu, wie ich den Kuchen des Mädchens esse, und lacht. Er schiebt sich den Kuchen des kleineren Jungen in einem Stück in den Mund. Der Kleine beginnt zu weinen. Ich sehe das blonde Mädchen an. Sieht fast so aus, als würde sie auch gleich zu heulen anfangen. Ich stehe auf.

Ich will ins Haus gehen. Auf der Wiese wird mich niemand vermissen. Vorerst haben alle genug getrunken. Ich will eine Stunde malen, bevor das Abendessen vorbereitet werden muss. Gerade arbeite ich an einem Bild, das die Wirkung von Nervengiften darstellen soll. Die molekulare Realität habe ich weitgehend vernachlässigt und meiner Fantasie freien Lauf gelassen. So sind die Curare-Moleküle böse dreinblickende Indianergesichter mit spitzen Zähnen. Curare ist schließlich ein indianisches Pfeilgift. Die Indianer auf meinem Bild besitzen keine Körper. Mit Tentakeln, die unten aus ihren Köpfen wachsen, bewegen sie sich vorwärts. Mit langen Zähnen beißen diese Indianer-Kraken in die Oberfläche einer Muskelzelle und lähmen sie. Die bösen Gesichter der Indianer sind mir gut gelungen. Ich freue mich darauf, an ihnen weiterzuarbeiten.

Als ich gerade das Haus erreiche, höre ich das Knarren des Scheunentors. Ich schaue zur Seite und sehe Hannes. Das Tor ist nur einen Spalt weit geöffnet, darin steht er. Er winkt mich heran. Ich zögere. Ich will malen. Er hört nicht auf zu winken. Schließlich gehe ich zu ihm.

»Was willst du von mir?«

Er späht ums Tor zur Wiese hinüber und winkt mich in die Scheune.

»Hannes, ich hab keine Zeit. Was ist mit dir? Hast du nichts zu tun?«

Er greift nach meinem Arm. Sein Griff ist fest, seine Hand warm wie der Körper einer Katze. Sie ist auch beinahe so groß. Es ist unmöglich, meinen Arm aus den geschlossenen Fingern zu winden. Hannes scheint meine Anstrengung nicht zu bemerken. Mit der Ferse tritt er das Tor zu und zieht mich einfach hinter sich her. Mehrere Schritte gehen wir in die Scheune hinein.

Drinnen riecht es nach Stroh und Pferdemist. Ich höre den Schimmel in seiner Box schnauben, als das Tor in die Angeln fällt. Die Scheune hat keine Fenster. Die Dachluken sind geschlossen. Nur durch die Ritzen in den Holzwänden fällt Licht herein. Es reicht nicht aus, um von einer Wand bis zur anderen zu sehen. Hannes' Finger krallen sich in meinen Arm.

»Lass mich los!«, sage ich. »Du tust mir weh.«

Als sei er erstaunt darüber, sieht er auf seine Hand und öffnet die Finger. Ich trete einen Schritt zurück. »Und jetzt?«, frage ich.

Hannes folgt mir. Ich weiche noch weiter zurück. Doch dann geht er an mir vorbei zu dem Verschlag des Schimmels. Hinter der Tür höre ich das Pferd nun wieder schnauben. Mit den Hufen tritt es gegen die Wand aus Holzlatten.

»Will raus!«, sagt Hannes, während er neben der Pferdebox im Heu wühlt. »Auf die W-Wiese!«

»Ich will auch wieder nach draußen«, sage ich. Das geschlossene Tor ist nur wenige Meter hinter mir. »Was machen wir hier, Hannes?«

»Warte!« Er dreht sich ruckartig zu mir um. Hinter seinem Rücken versteckt er etwas.

»Ich muss helfen, das Abendessen vorzubereiten!«

»N-Noch nicht!« Er streckt eine Hand nach mir aus. Sein Arm ist so lang, beinahe berühren seine Fingerspitzen mich. Die zweite Hand hält er noch immer hinter seinem Rücken verborgen.

»Was hast du da?«

Er lächelt und sieht auf den Boden aus gestampfter Erde. Es sieht aus, als würde er sich schämen. Seine ausgestreckte Hand zittert. Sie ist nach oben geöffnet. Als er seinen Blick wieder hebt, bemerke ich den Glanz in seinen Augen. Sogar in diesem Dämmerlicht leuchten sie noch hellblau.

Dann beugt er sich plötzlich vor, greift nach meiner Hand und zieht mich zu sich.

Ich schreie auf.

»Nicht schreien!«, sagt er. Er lässt meine Hand los und führt seinen Zeigefinger an meine Lippen.

»Zeig mir jetzt, was du da hinter deinem Rücken versteckst!« Ich flüstere. »Oder lass mich gehen!«

Endlich zieht er seine zweite Hand hervor. Ich kann es nicht sofort erkennen. Irgendein Gegenstand aus Holz. Er führt das Ding so nah vor mein Gesicht, dass es vor meinen Augen verschwimmt.

»Ich bin nicht blind!«, sage ich. »Nimm es runter!«

Er legt den Gegenstand in meine Hände. Jetzt erkenne ich, was es ist: eine Palette zum Mischen von Ölfarben. Sie ist aus Holz geschnitzt. Ein Loch für einen Finger des Malers ist hineingebohrt worden. Die Kanten sind sauber abgeschmirgelt.

»Was soll das?«, frage ich.

»Geschenk!«

Ich fahre mit den Fingerspitzen über die Oberfläche der Palette. Sie besitzt mehrere leichte Vertiefungen für die verschiedenen Farben. Wegen dieser Vertiefungen muss ich an die Phrenologie denken: an Vertiefungen und Ausbeulungen von Schädeln, die Auskünfte über den Charakter eines Menschen geben sollten. Die Vorstellung einer solchen Schäduntersuchung besitzt etwas Unheimliches: das Vermessen eines rasierten Schädels, das Abtasten seiner Unebenheiten. Die Unebenheiten der Palette sind schön. Ihre Vertiefungen befinden sich an den Enden gewundener Schnitzereien. Alle diese Schnitzereien scheinen sich aus dem Fingerloch zu winden. Wie Schlangen. Oder wie Haare. Ich denke an das Bild vom Wassergeist: Wie sich dort die Haare vom Kopf des Geistes zur Wasseroberfläche schlängeln. Hier schlängeln sich diese Schnitzereien vom Loch zum Rand der Palette. Auf dem Bild wachsen Nymphen aus den Haarspitzen des Geistes. Auf der Palette bilden die ovalen Vertiefungen die Endpunkte der geschnitzten Ornamente.

»Hast du das gemacht?«, frage ich.

Wieder sieht Hannes auf den Boden der Scheune. Hinter ihm tritt der Schimmel gegen die Wände seines Verschlages.

»Woher weißt du, dass ich male?«

Er antwortet noch immer nicht.

Und woher weißt du, denke ich, dass ich nur ein Stück Pappe als Palette benutze? »Ist ja auch egal«, sage ich. Mehr fällt mir nicht ein. Meine Fingerspitzen streichen weiter über die feinen Schnitzereien. Kein Zweifel, er hat sie den Ornamenten aus der Bibel nachempfunden. Und ich habe geglaubt, er starre auf dem Hochsitz nur die Spinne an!

Ich muss etwas sagen. Die Palette ist so schön! Ich will sofort in mein Zimmer laufen und sie benutzen. Mit ihr will ich das Gemälde der Curare-Moleküle, der Indianer-Kraken beenden. Aber vorher muss ich mich bedanken. Ich will es nicht. Verdammt, das ist Hannes, niemals will ich mich bei ihm für irgendetwas bedanken. Weder bei ihm noch bei einem anderen Mitglied seiner Familie. Meine Lippen öffnen sich … und schließen sich gleich darauf wieder. Danke. Das ist doch nicht so schwer. Ich versuche es noch einmal.

Es geht nicht.

Hannes steht noch immer mit gesenktem Blick vor mir. Ich löse meine rechte Hand von der Palette und strecke sie nach ihm aus. Ich höre seinen Atem schwerer werden. Meine Finger berühren seine Wange. Er sieht mich an. Er zittert. Meine gesamte Handfläche liegt jetzt an seiner Wange, passt sich ihrer Rundung an. Er legt den Kopf ein wenig schräg.

Da hören wir es: »Ha-Ha-Han-n-nes!«

So schlimm, wie der Junge es imitiert, ist Hannes' Stottern nie gewesen. Er hat das Tor einen Spalt weit geöffnet. Das Sonnenlicht im Rücken lässt er die Arme weit hinunterhängen. Dazu beugt er den Rumpf nach vorn und legt den Kopf schräg: ein Scherenschnitt des Glöckners von Nôtre Dame.

»V-V-Verl-l-liebt, H-Han-n-nes?«

Ich halte noch meine Hand nach Hannes' Gesicht ausgestreckt. Doch er hat sich längst zur Pferdebox umgedreht. Er reißt den erstbesten Gegenstand von ihrer Wand.

In einem wissenschaftlichen Magazin habe ich vor kurzem etwas über die Zeit gelesen: über ihre Wahrnehmung unter verschiedenen Bedingungen. Bis dahin habe ich geglaubt, die Zeit sei etwas Festes. Ich dachte, sie sei die einzige einheitliche Richtschnur, die einzige Konstante im Leben aller Menschen. Ich habe gelernt: In Wirklichkeit erlebt jeder Mensch die Zeit unterschiedlich. Es gibt nichts, das ein Mensch genau so erlebt, wie ein anderer es wahrnimmt. Es gibt keine Konstanten, keine Richtschnüre, weder im eigenen Leben noch im Vergleich mit anderen. Und was die Zeit betrifft: Ihr Erleben ist vor allem abhängig von der Geschwindigkeit der eigenen Bewegung im Raum.

Als Hannes sich umdreht und etwas von der Wand der Pferdebox reißt, stehe ich still. Als seine Züge plötzlich alle Weichheit verlieren, bewege ich keinen Muskel. Ich weiß nicht, inwiefern meine Bewegungslosigkeit meine Wahrnehmung beeinflusst. Ich weiß nicht, ob die Bewegungslosigkeit des Jungen seine Wahrnehmung beeinflusst. Vielleicht geht auch für ihn alles zu schnell. Er wirkt wie erstarrt in seiner Affenhaltung. Vielleicht sind deshalb für ihn diese wenigen Sekunden zu einem noch kürzeren Zeitraum zusammengepresst. Zu einer Zeit, die zu kurz ist, um zu reagieren.

Vielleicht ergibt das auch keinen Sinn. Ich weiß nicht mehr, was in dem Magazin über Dehnung und Raffung der Zeit stand. Vielleicht ist auch das limbische System im Gehirn des Jungen unterentwickelt. Neben dem Sexualtrieb regelt es auch das Fluchtverhalten. Vielleicht verarbeitet sein Gehirn den von Hannes ausgesandten optischen Reiz zu langsam. Die Überträgerstoffe überwinden den synaptischen Spalt zu spät. So können sie die Muskeln nicht rechtzeitig erregen.

Vielleicht nimmt er auch Hannes mit der Schaufel in seiner Hand einfach nicht ernst genug. Vielleicht ist das sein eigentlicher Fehler.

Hannes wirft die Schaufel. Ihr Stiel trifft den Jungen mitten auf der

Stirn. Er taumelt zurück, stolpert und fällt hin. Dabei prallt er gegen das Scheunentor.

Es ist still. Nur ganz leise höre ich Hannes' Atem und das Scharren der Pferdehufe im Heu. Wir stehen eine Weile da und sehen den Jungen an. Er bewegt sich nicht. Den Rücken gegen das Scheunentor gelehnt sitzt er auf dem Boden. Er hat den Kopf auf die Brust gesenkt wie die dösenden Feldarbeiter in der Mittagspause.

Endlich sagt Hannes etwas: »Steh auf!«

Ich gehe ein paar Schritte auf den Jungen zu.

»Sch-Sch-teh auf!«, wiederholt Hannes.

Durch den Torspalt fällt Licht in die Scheune. Auf der Wiese sehe ich Onkel Schorsch am Ende der Tafel auf seinen Platz zurücksinken. Er scheint seine Rede beendet zu haben. Gesine hat Kaffeegeschirr auf einem Tablett gestapelt. Damit nähert sie sich dem Haus. Ich schließe das Scheunentor. Der Junge sackt zur Seite.

Auf einem Querbalken des Tores sehe ich Blut. Auch am Hinterkopf des Jungen, in seinem Haar klebt Blut. Noch mehr Blut rinnt aus seiner Nase. Ich strecke die Hand nach dem Hals des Jungen aus. Es ist die Hand, mit der ich eben Hannes' Wange gestreichelt habe.

»Steh ...«

»Er steht nicht auf, Hannes.«

In der Küche treffe ich Gesine und Tante Hella. Wir spülen das Kaffeegeschirr. Als Hilke dazukommt, beginnen wir mit den Vorbereitungen des Abendessens. Es gibt frisch gebackenes Brot, Wurstplatten und die Reste des Ferkels.

Die Gäste stürzen sich auf das Essen, als hätten sie seit Tagen nichts bekommen. Es sind nur noch halb so viele Leute wie zu Beginn der Feier. Sie sehen müde aus. Einer der Rettungssanitäter liegt hinter dem Zaun im hohen Gras und schnarcht. Die beiden Lehrerinnen sitzen Schulter an Schulter und stützen sich gegenseitig. Onkel Schorsch redet auf den Pastor ein. Doch der konzentriert sich nur auf die erkalteten Reste des Ferkels.

Die Suche nach Jan beginnt erst, als alle satt sind. Die Mutter hat sein Verschwinden vorher nicht bemerkt. Auch sie ist längst nicht mehr nüchtern.

»Ich dachte, er wäre im Wald«, sagt sie später.

Dort wird auch zuerst nach ihm gesucht. Die Suche zieht sich in die Länge. Kaum jemand ist nüchtern genug, um sie ernst zu nehmen. Außer den Kindern, Tante Hella, Hilke, Gesine und mir. Ich sehe Männer gegen Bäume laufen und Frauen über Wurzeln stolpern. Die Lehrerinnen meinen, man müsse am See suchen, Hannes müsse wieder tauchen. Onkel Schorsch überzeugt sie davon, dass dem Jungen die Lust am Schwimmen vergangen sein muss. Vor allem in diesem See. Außerdem ist Hannes nirgends zu finden. Es ist Tante Hella, die den Jungen schließlich entdeckt. An der Suche hat sie sich kaum beteiligt. Sie hat den Schimmel schnauben und mit den Hufen gegen den Verschlag treten hören. Nur weil das Pferd so unruhig war, ist sie in die Scheune gegangen.

»Der Junge muss sich gelangweilt haben«, vermutet Onkel Schorsch.

Das strohblonde Mädchen vom Kindertisch bestätigt das: »Wir haben uns alle schrecklich gelangweilt!«

Onkel Schorsch drückt Gesines Schwester, die Mutter des Jungen, an sich und schüttelt den Kopf. »Aber dass er dann in die Pferdebox klettert ...!«

Denn dafür spricht alles. Der Junge ist über den Rand des Verschlages geklettert. Vielleicht hat er auch nur auf dem Rand gesessen, dann aber das Gleichgewicht verloren. Und so ist er gefallen, zwischen die Hufe des Schimmels. Der war schon den ganzen Tag unruhig. Er ist es nicht gewohnt, eingeschlossen zu sein. Er hat um sich getreten. Der Junge hat keine Chance gehabt.

Als endlich alle gegangen sind, versammelt sich die Familie in der Stube. Tante Hella sitzt in ihrem Sessel. Onkel Schorsch und Hilke sitzen auf dem Sofa, auf dem erst neulich der Junge lag. Über ihnen an der Wand hängt das Gemälde meiner Großeltern: das winzige, lichte Paar vor dem übergroßen, dunklen Haus. Gesine hat ihre Schwester nach Fleetstedt begleitet. Keiner weiß, wo Hannes ist. Es interessiert wahrscheinlich auch niemanden.

Ich stehe mitten im Raum. »Darf ich in mein Zimmer gehen?«, frage ich.

Tante Hella sieht aus dem Fenster. Die grob gezimmerten Tische stehen noch auf der Wiese. Jemand hat den Schimmel hinausgeführt. Er grast neben den Fichtenstämmen, neben Essensresten und halb geleerten Gläsern.

Onkel Schorsch probiert ein Lächeln. Er hat seinen Arm um Hilke gelegt. »Natürlich«, sagt er. »Geh nur rauf in dein Zimmer, wenn du allein sein möchtest. Du musst doch nicht darum bitten!«

Ich lächle zurück und will mich schon zur Tür umdrehen, als er noch hinzufügt:

»Ist alles ein bisschen viel für dich in der letzten Zeit, oder? Ein bisschen zu viel ... Sterben.«

»Ja«, sage ich und gehe hinaus.

Ich male bis zum frühen Morgen. Es dämmert schon, als ich endlich müde werde. Zu müde, um den Pinsel und meine neue Palette weiterhin ruhig zu halten. Meine Hände zittern vor Anspannung. Ich will weitermalen, aber ich habe Angst, durch mein Zittern das Bild zu ruinieren. Die Indianergesichter mit den langen Zähnen sind mir gut gelungen. Es wäre schade um sie.

Bevor ich mich ins Bett lege, muss ich noch einmal zur Toilette. Dazu muss ich die Treppe ins Erdgeschoss hinabsteigen. Als ich fertig bin und die Badezimmertür wieder öffne, steht Tante Hella im Flur. Ich zucke zusammen. Im trüben Morgenlicht verschwimmen die Konturen ihrer hageren Gestalt. Ihre Augen kann ich trotz des schwachen Lichts erkennen. Sie sind auf mich gerichtet. Ich muss an das denken, was Hannes über die Augen seiner Mutter sagte: Er könne in ihren Augen sehen, dass seine Mutter nach der Bibel suche. Und auf meine Frage, wann er seine Mutter so gesehen habe, antwortete er: »Nachts.«

Ich sehe in die Augen meiner Tante. Ich denke daran, dass sie den Jungen im Verschlag des Schimmels gefunden hat. Jetzt steht sie vor mir und bewegt sich nicht. Irgendwo kündigt ein Hahn mit seinem Geschrei den neuen Tag an. Ich laufe an ihr vorbei, die Treppe hinauf, in mein Zimmer.

# Unter ihren Augen

Als ich aufwache, klebt die Bettdecke an meinem Körper. Ich will aufstehen und mich waschen. Doch kaum sitze ich auf der Bettkante, wird mir schwindlig. Ich sacke zurück in mein schweißnasses Bett. Die Sonne scheint durchs Fenster, sie fällt direkt auf mein Gesicht. Ich muss die Augen schließen. Wenn die Sonne so hoch steht, ist Mittag längst vorüber. Ich habe zwei Mahlzeiten versäumt, zwei feste Termine. Ich habe meinen Eid gebrochen.

Noch einmal versuche ich aufzustehen, doch die Hitze lähmt mich. Es ist eine doppelte Hitze: das Sonnenlicht auf meiner Haut und eine zweite, aus dem Innern meines Körpers aufsteigende Hitze. Wie nie zuvor wünsche ich mir endlich Regen. Ich würde hinauslaufen, die Arme ausbreiten, den Kopf in den Nacken legen, den Mund öffnen. Stattdessen schlafe ich wieder ein.

Im Schlaf glaube ich, Stimmen zu hören, Stimmen, die zu keinem Traum gehören. Ich will die Augen öffnen, aber meine Lider sind wie zugenäht. Gesines Stimme erkenne ich, dann Hilkes. Auch meine Tante ist im Zimmer. Ich weiß es, obwohl ich sie weder sehe noch höre. Jemand zieht mir das Nachthemd aus. Ich werde hochgehoben. Als ich wieder liege, ist das Laken unter mir trocken und kühl. Dann scheint eine längere Zeit zu vergehen, die Stimmen verschwinden. Als ich sie erneut höre, ist die Bettwäsche wieder nass. Meine Augen werden nun mit Gewalt geöffnet. Ein Finger zieht die Lider nach oben, erst das linke, dann das rechte. Ich sehe ein grelles Licht. Kurz bevor der Finger mein rechtes Lid wieder zuklappen lässt, ist da ein kraushaariger Mann. Er beugt sich über mich. Wieder wird meine Bettwäsche gewechselt. Wieder schlafe ich ein.

Im Traum befinde ich mich in einem meiner eigenen Bilder. Ich bin auf molekulare Größe geschrumpft und schwimme in einer zähen, klebrigen Flüssigkeit. Wenn ich meine Hände nach hinten ausstrecke, berühren sie eine feste, raue Oberfläche. Sie fühlt sich an wie die rotbraunen Kunstlederpolster in alten Regionalzügen der Deutschen Bahn. Doch ich weiß: Es ist die Oberfläche einer Muskelzelle. Mir gegenüber schwimmt das sackförmige Ende eines Axons, des Fortsatzes einer Nervenzelle, in der Flüssigkeit. Ich befinde mich im synaptischen Spalt zwischen Nerven-

und Muskelzelle. Hier öffnen die vom Axon ausgesandten Überträgerstoffe die Poren der Muskelzelle. So ermöglichen sie die Weiterleitung von Reizen.

Es ist die Stelle, an der auch Nervengifte ihre Wirkung tun. Atropin, das Gift der Tollkirsche, Nikotin, Curare oder das Gift der Schwarzen Witwe. Anstelle der körpereigenen Überträgerstoffe besetzen sie die Oberfläche der Muskelzelle. So verhindern sie ihre Erregung. Die notwendige Reaktion des Körpers auf einen Reiz wird dadurch unmöglich. Ich befinde mich mit dem Rücken zur Wand der Muskelzelle. Die Giftmoleküle schwimmen auf mich zu. Es sind die Indianerköpfe mit den Krakenarmen, die ich selbst gemalt habe. Die ersten erreichen gerade die Muskelzelle. Sie reißen ihre Münder auf und schlagen ihre Zähne neben mir in die Zellwand. Weitere Indianerkraken nähern sich.

Mit einem Schrei erwache ich.

»Ist ja gut!«, sagt jemand.

Ich spüre eine Hand auf meinem Arm und versuche, die Augen zu öffnen. Es gelingt. Die Vorhänge sind zugezogen. Trotzdem ist es mir noch zu hell im Zimmer. Ich blinzle und sehe zu der Hand auf meinem Arm. Gesine sitzt neben dem Bett.

»Du musst das hier schlucken«, sagt sie. Jetzt nimmt sie ihre Hand von meinem Arm und hebt damit meinen Kopf vom Kissen. Mit ihrer anderen Hand führt sie einen Plastiklöffel an meine Lippen. Ein weißer, dickflüssiger Saft ist darauf. Er riecht bitter und faulig zugleich. Ich will protestieren. Doch sowie ich die Lippen öffne, schiebt mir Gesine den Löffel in den Mund. Sie drückt meine Nasenlöcher zu, und ich schlucke das Zeug, bevor ich weiß, was geschieht. Es schmeckt genau so, wie es riecht: nach überreifem Käse.

»Was soll das?« Ich würge und schnappe nach Luft.

»Du hast Fieber.«

Ich stütze mich auf die Ellenbogen und versuche, mich hochzustemmen. Es ist sinnlos.

»Möchtest du etwas trinken? Tee?«

Ich schüttele den Kopf.

»Du musst trinken!« Sie führt die Öffnung einer Schnabeltasse zwischen meine Lippen.

Kamillentee, lauwarm. Ich spucke ihn aus. »Warum fragst du mich überhaupt, wenn du doch kein Nein akzeptierst?«

»Sei vernünftig!« Wieder führt sie die Tasse zu meinem Mund. »Und sei nicht immer so verdammt stolz! Herrgott noch mal, ich will dir helfen!«

Ich bin tatsächlich durstig. Plötzlich schmeckt mir auch der Tee. Er spült den Geschmack der Medizin von meiner Zunge. Ich trinke die Tasse ganz aus.

»Na, also«, sagt Gesine. »Noch mehr?«

Ich nicke, sehe jedoch an ihr vorbei.

Sie flößt mir eine weitere Tasse ein und sagt: »Danach schläfst du noch ein bisschen!«

Die Aufforderung ist überflüssig. Ich bin eingeschlafen, bevor sie das Zimmer verlassen hat.

Es ist Nacht, als ich zum nächsten Mal die Augen öffne. Wieder liege ich in meinem Schweiß. Dafür ist mein Mund trocken. Ich wünschte, Gesine käme mit Tee. Steht sie nicht dort am Fenster? Ich wende mein Gesicht dem hellen Rechteck zu. Die Nacht ist wolkenlos, ich sehe den Großen Wagen. Das bedeutet, es wird so bald nicht regnen. Im Licht der Sterne steht eine Frau. Sie hält ihre Arme vor der Brust verschränkt. Ihr Blick ist hinaus in die Nacht gerichtet. Gesine?, will ich gerade fragen, als sie sich zu mir umdreht. Ich erkenne Tante Hella. Schnell schließe ich meine Augen. Ich hoffe, sie hat meinen Blick nicht bemerkt.

Bis sie mein Zimmer verlässt, stelle ich mich schlafend. Lange Zeit scheint sie sich nicht von der Stelle zu bewegen. Dann höre ich Schritte: Langsam und leise wie eine Katze bewegt sie sich durch mein Zimmer. Neben meinem Bett bleibt sie stehen. Minutenlang höre ich nicht das geringste Geräusch. Dann spüre ich etwas auf meiner Wange: ein leichter Luftzug, ihr Atem. Sie hat sich tief über mein Gesicht gebeugt. Ahnt sie, dass ich nicht schlafe? Will sie sich Gewissheit verschaffen? Ich wage nicht zu atmen, bis ich ihren Atem nicht mehr spüre. Bis ich ihre Schritte wieder höre. Sie scheint zur anderen Seite des Zimmers zu gehen. Dort an der Wand steht die Staffelei. Ich höre etwas rascheln: Sie nimmt das Tuch herunter und sieht mein unvollendetes Bild an. Am liebsten würde ich aufspringen und ihr das Tuch aus der Hand reißen. Was fällt ihr eigentlich ein? Meine Malerei gehört allein mir! Was denkt sie sich dabei?

Ich bleibe still. Vielleicht werde ich sogar noch stiller als zuvor. Eine Ewigkeit später höre ich, wie sie das Tuch wieder über die Leinwand hängt. Noch einmal geht sie durchs Zimmer. Noch einmal bleibt sie an meinem Bett stehen. Noch einmal beugt sie sich zu mir herunter. Ihr Atem. Dann endlich höre ich ihre Schritte sich der Tür nähern. Die Tür wird geöffnet und wieder geschlossen. Ich atme tief ein und wieder aus und finde schließlich den Mut, meine Augen aufzuschlagen.

Sie steht noch im Zimmer.

Sie steht vor der geschlossenen Tür und sieht mich an. Durchs Fenster fällt das Licht des Mondes, ihre Augen reflektieren es. Ich will meine Augen sofort wieder schließen. Aber ich weiß, es ist zu spät. Sie hat mich hinters Licht geführt. Jetzt weiß sie, dass ich nicht geschlafen habe. Jetzt weiß sie, dass ich mich vor ihrem Blick fürchte. Sie scheint zu lächeln, ganz leicht nur: das Lächeln einer Siegerin. Dann dreht sie sich um und geht hinaus. Ich höre ihre Schritte auf der Treppe.

Ich bleibe wach, bis Gesine mit einem Tablett hereinkommt.
»Du siehst besser aus«, sagt sie. »Möchtest du frühstücken?«
Ich bemerke, wie hungrig ich bin. Ich nicke.
Sie stellt das Tablett auf der Kommode ab und hilft mir, mich aufzusetzen. Während sie mein klammes Bettzeug aufschüttelt, fragt sie: »Willst du zuerst essen, oder soll ich zuerst das Bett frisch beziehen?«
»Essen!«, sage ich mit Nachdruck.
Mit dieser Antwort ist Gesine mehr als zufrieden. »Jetzt geht's wieder aufwärts mit dir!«
»Wie lange habe ich geschlafen?«
»Zwei ganze Tage.«
Nach fünf Scheiben Toast und einer Kanne Tee hilft sie mir beim Waschen. Ich will mich anziehen, aber sie sagt, ich müsse noch im Bett bleiben.
»Und vor allem musst du das hier nehmen!«
Da ist er wieder, der überreife Käse in flüssiger Form. Ich verziehe das Gesicht und schlucke ihn trotzdem.
Im Laufe des Tages wird die Hitze in meinem Zimmer immer weniger erträglich. Zum Glück ist mein Fieber gesunken. Gesine kommt regelmäßig herein, um meine Temperatur zu messen. Jedes Mal fragt sie, ob sie sonst etwas für mich tun könne. Beim dritten Mal traue ich mich endlich, nach ihrer Schwester und ihrem Neffen zu fragen.
»Sie haben Jans Leiche zur Gerichtsmedizin nach Oldenburg gebracht.«
»Gerichtsmedizin?« Ich verschütte meinen Tee. »Warum?«
Gesine nimmt ein Handtuch vom Haken neben dem Waschbecken. Damit wischt sie über die Teeflecken auf meinem Nachthemd und auf der Bettdecke. »Es ist wohl so üblich. Meine Schwester sagt, das wird immer so gemacht, wenn jemand gewaltsam ums Leben kommt.«
»Aber es war doch ein Unfall!«
Sie setzt sich auf die Bettkante. Mit beiden Händen zerknüllt sie das Handtuch und starrt es an. »Es wäre uns allen lieber, wenn das nicht nö-

tig wäre«, sagt sie. »Aber da lässt sich wohl nichts machen. Verdammte Bürokratie!«

»Ja«, sage ich. »Verdammte Bürokratie!«

Sie fängt zu weinen an. Dicke Tränen rollen über ihre Wangen und fallen auf meine Bettdecke. »Wer weiß, was diese Gerichtsmediziner mit ihm machen!« Sie schluchzt. »Vielleicht schneiden sie ihn vollkommen auf! Und alles nur, weil es in irgendeiner Verordnung steht!«

Die Teetasse zittert in meiner Hand. Ich will sie abstellen und weiß nicht, wohin. Ich denke an das Blut auf dem Querbalken des Scheunentors. Ich denke an die Wunde am Hinterkopf des Jungen. Während Hannes ihn in die Pferdebox schleppte, versuchte ich, das Blut vom Balken zu wischen. Es wollte mir einfach nicht gelingen, es restlos zu beseitigen. Ich hätte einen Lappen und Wasser gebraucht. Wasser gab es in der Pferdetränke. Doch in meiner Aufregung fand ich in der ganzen Scheune keinen einzigen Fetzen Stoff. Ich rieb den Balken mit Stroh ab. Danach war immer noch ein dunkelroter Fleck zu sehen. Durch das Reiben hatte er sich sogar noch vergrößert.

Schließlich wollte ich mein T-Shirt ausziehen, um es damit zu probieren. Da hörte ich direkt vor dem Scheunentor Stimmen: Hilke und Gesine. Vielleicht war meine Tante auch dabei. Jeden Moment konnten sie das Tor aufstoßen, um nach dem Pferd zu sehen. Wir mussten hier raus. Hannes hatte die Tür der Pferdebox schon wieder geschlossen. Auch er horchte nach den Stimmen. Tränen liefen über sein Gesicht. Ich nahm ihn an der Hand und zog ihn hinter mir her. Wir rannten zum anderen Ende der Scheune, zum Tor auf der gegenüberliegenden Seite. Im Vorbeilaufen schlug ich gegen die Wand der Pferdebox. Der Schimmel reagierte mit aufgeregtem Schnauben und Stampfen.

»Sie werden ihn bestimmt nicht aufschneiden«, sage ich. Ich nehme Gesines Hand, wie um sie zu beruhigen. Doch eigentlich will ich von ihr beruhigt werden. Ich habe auch noch den restlichen Tee vergossen.

Gesine geht in meiner Pflege voll auf. Vielleicht hilft es einem, anderen Menschen zu helfen, wenn man jemanden verloren hat. Das Band zwischen Gesine, ihrer Schwester und ihrem Neffen erscheint fester, als ich vermutet habe. Ich sehe, wie Gesine um den Jungen trauert, wie sie weint. Um meinen toten Vater habe ich noch immer nicht geweint.

Seitdem sie nachts um mein Bett geschlichen ist, kommt Tante Hella kaum noch zu mir. Es sei denn, sie besucht mich auch weiterhin, während ich schlafe. Das traue ich ihr durchaus zu. Nachts schlafe ich deshalb nur noch schlecht. Oft denke ich an unsere Begegnung vor der Badezimmertür. Es war die Nacht nach der Geburtstagsfeier, die Nacht nach dem Unfall. Ja, Unfall, sage ich! Oft denke ich auch an Hannes' Andeutung, er begegne seiner Mutter nachts.

Hannes. Wo ist er jetzt? Gesine sagt, sie habe ihn seit der Feier nicht mehr gesehen. Sitzt er auf dem Hochsitz und beobachtet die Spinne, die sich nie bewegt?

Hilke kommt ständig in mein Zimmer. Ich erkenne ihren Schritt auf der Treppe. Meistens stelle ich mich dann schlafend. Sie lässt sich besser täuschen als ihre Mutter.

Regelmäßig einmal pro Vormittag kommt mein Onkel vorbei. Er setzt sich auf die Bettkante. Eine Hand legt er auf die Decke, dort, wo sich meine Oberschenkel abzeichnen. Von Zeit zu Zeit drückt er zu, wie er es sonst an meiner Schulter tut. Es soll wohl aufmunternd wirken.

»Bald bist du wieder auf den Beinen«, sagt er. Jeden Vormittag.

Am dritten Tag frage ich ihn, ob er etwas von der gerichtsmedizinischen Untersuchung gehört habe.

»Wer hat dir denn davon erzählt?«

»Gesine.«

Er zieht die Stirn kraus. Die Falten, die sich dort abzeichnen, passen nicht zu seiner jugendlichen Haut. Als habe er sich Stirn und Schädeldecke eines anderen, eines älteren Mannes übergezogen. Wie eine enge Mütze aus Haut.

»Ja«, sagt er und seufzt. »Ich hab was davon gehört. Der Pathologe bezweifelt, dass der Junge bei einem Unfall ums Leben gekommen ist.«

Mir wird kalt. Innerhalb einer Sekunde friere ich, als könnte ich niemals Fieber bekommen.

»So ein Idiot!«, schimpft Onkel Schorsch. »Ich frage dich, was es daran zu bezweifeln gibt?«

Ich zucke mit den Schultern. Ich kann nicht sprechen.

»Ist der Junge etwa nicht von dem verdammten Pferd zertrampelt worden? Hat deine Tante ihn etwa nicht in der Box gefunden?«

Ich nicke, schnell und lange.

»Ich hab doch gesehen, wie der Junge zugerichtet war! Aber ich will nicht mehr davon erzählen, Clara. Sei froh, dass du nicht dabei warst!« Er streichelt meinen Oberschenkel. »Jedenfalls wird jetzt die Polizei hier anrücken.«

»Die Polizei?« Der Schock hat mir die Sprache wiedergegeben.

»Ja, heute noch. Als wenn man nicht schon genug Sorgen hätte!«

»Und was will die Polizei hier?«

»Sie wollen sich die Scheune ansehen. Den *Ort des Geschehens*, wie sie

sagen.« Er drückt noch einmal meinen Oberschenkel und steht dann auf.
»Idioten!«, ist sein letztes Wort, bevor er hinausgeht.
Ich muss mich beruhigen. Am liebsten würde ich hinunter in die Scheune laufen. Mit dem schärfsten Scheuermittel würde ich den dunkelroten Fleck von dem Torbalken schrubben. Aber das ist unmöglich. Nichts würde mehr Verdacht erregen. Es muss mich nur irgendjemand sehen. Ja, das ist noch nicht einmal nötig. Es muss nur irgendjemand in mein Zimmer kommen und mich nicht im Bett finden.
Wahrscheinlich wartet Tante Hella nur darauf, mich bei etwas Ungewöhnlichem zu beobachten. Ich weiß nicht, in welche Richtung ihr Verdacht geht. Aber dass sie mich verdächtigt, egal wofür, dessen bin ich mir sicher. Sie liegt auf der Lauer, in ihrer Stube, in ihrem Sessel. Die großen Augen, die nichts mehr zu lesen haben, sind auf die geöffnete Tür gerichtet. Währenddessen lauschen ihre Ohren, ob ich vielleicht die Treppe herunterschleiche.
Als Gesine wieder hereinkommt, frage ich sie, ob die Polizei schon da gewesen sei.
Sie verneint. »Du siehst wieder schlechter aus«, sagt sie und misst meine Temperatur. »Das Fieber ist jedenfalls nicht gestiegen«, stellt sie fest. »Kann ich irgendwas für dich tun?«
Ich bitte sie, mir ein paar Bücher aus dem Regal zu geben. »Und sag mir doch bitte Bescheid, wenn die Polizei da ist!«
»Warum bist du so aufgeregt?«
»Ach ...« Ich zucke mit den Schultern. »Ich ... ich finde es nur so ungerecht. Jan könnte doch längst beerdigt sein, oder?«
Sie nickt und sieht wieder traurig aus.
»Alles nur wegen irgendwelcher Verordnungen!«, schimpfe ich. »Scheißbürokratie!«
»Ja, da hast du recht. Er könnte längst ...« Sie spricht den Satz nicht zu Ende. Stattdessen bricht sie in Tränen aus und lässt sich auf mein Bett fallen. Bis sie sich beruhigt hat, halte ich sie im Arm.
Um mich selbst zu beruhigen, will ich in meinen Biologiebüchern lesen. Ich blättere vom Nervensystem zum Bauplan der Zellen. Ich blättere von der Genetik zur Fortpflanzung. Ich blättere von den Hormonen zum Stoffwechsel. Doch jedes dieser Themen steigert meine Unruhe noch. Das ist so seit meinem Traum vom synaptischen Spalt und den Nervengiften. Selbst Zoologie und Botanik beunruhigen mich jetzt. Dabei haben sie mich nie so sehr interessiert wie die Anthropologie. Alles wurzelt in denselben molekularen Strukturen. Alles macht mir plötzlich Angst.
Ich klappe die Biologiebücher zu und schlage einen der Jerry-Cotton-

Romane auf. FBI-Agent Cotton kämpft für das Gute in der Welt. Mit ihm und seinem Kollegen Phil Decker will auch ich kämpfen. Wenigstens in meiner Fantasie.

Am Nachmittag kommt ein Arzt, um mich zu untersuchen. Ich erkenne den kraushaarigen Mann, den ich während meines Deliriums gesehen habe. Alles an ihm wirkt alt und krank: seine trockene Haut, seine gelben Zähne, seine langsamen, vorsichtigen Bewegungen. Nur sein krauses Haar bildet einen merkwürdigen Kontrast dazu. Nicht eine einzige graue Strähne sehe ich. Seine Locken glänzen tiefschwarz, als hätte er sie pomadisiert.

Onkel Schorsch und Hilke haben den Mann in mein Zimmer begleitet. Während der gesamten Untersuchung gehen sie nicht hinaus. Auch nicht, als der Arzt mich bittet, mein Nachthemd auszuziehen, um mich abzuhorchen. Er hat den Klavierhocker, eine Erinnerung an meine Mutter, dicht vor mein Bett gezogen.

»Ich bin sehr zufrieden«, sagt der Arzt, als er die Untersuchung beendet hat. Vorher hat er kein einziges Wort gesprochen. Selbst die Aufforderung, mein Nachthemd auszuziehen, hat er durch Gesten deutlich gemacht. Dafür spricht er von nun an umso mehr. »Wie ich höre, ist das Fieber fast verschwunden. Bis morgen bleibst du noch im Bett. Und danach schonst du dich. Keine körperliche Anstrengung. Kein psychischer Stress. Verstehst du mich?«

Ich nicke.

»Schläfst du gut?«

Hilke sagt: »Sie schläft die ganze Zeit!«

»Sie kann selbst antworten!«

Während er Hilke zurechtweist, wendet der alte Mann nicht den Blick von mir ab. Seine Augen sind so klein wie die meines Onkels und meiner Cousine. Jedoch kneift er sie nicht zusammen. Sein Blick lässt den meinen nicht los. In seinen Pupillen sehe ich mein Spiegelbild. Durch die Wölbung der Linse ist es verzerrt: Es sieht aus, als liefen meinen Gliedmaßen wie Flüssigkeit über einen Tellerrand.

»Also?«, fragt er.

»Ich schlafe gut.«

»Regt dich irgendetwas auf?«

Ich zögere.

Diesmal antwortete Onkel Schorsch für mich: »Sie hat vor kurzem ihren Vater verloren. Es ist nicht leicht ...«

»Ich sagte doch bereits: Sie antwortet für sich selbst!«

Wieder hat der Arzt seinen Blick nicht von mir abgewandt. Mein Onkel ist beim ersten seiner Worte verstummt.

»Es stimmt«, sage ich. »Mein Vater ist vor ein paar Wochen gestorben.«

»Und das beschäftigt dich noch sehr?«

Ich zucke mit den Schultern. »Ich kannte ihn nicht besonders gut.«

»Das ist keine Antwort.«

»Ich weiß.«

Jetzt lächelt der Arzt. Wiederum ohne sich umzudrehen, sagt er: »Würden sie uns bitte allein lassen?«

Hilke und Onkel Schorsch sehen sich kurz an und gehen dann hinaus.

»Du bist nicht dumm«, sagt der Arzt.

»Danke.«

»Aber du bist zu stolz.«

»Das höre ich nicht zum ersten Mal.«

»Dann ist vielleicht etwas Wahres dran?«

»Vielleicht.«

Er lächelt wieder und sieht sich im Zimmer um. Für einen Moment bleibt sein Blick an der Staffelei mit dem verdeckten Bild haften. »Lass uns mit diesen Spielchen aufhören«, sagt er und sieht mir wieder in die Augen.

Jetzt weiß ich, woran mich sein Blick erinnert: an die Augen eines Hypnotiseurs. Ich kenne sie nur aus Filmen, aber diesem Arzt würde ich sofort eine Rolle geben. Auch sein schwarzes, pomadisiertes Haar passt dazu. Es verleiht seinem Aussehen etwas Zigeunerhaftes. Ich kann mir vorstellen, dass er auf Jahrmärkten auftritt.

»Was für Spielchen?«, frage ich.

»Wir sind allein. Beantwortest du jetzt meine Fragen?«

»Wenn ich es kann ...«

Das scheint ihm zu genügen. »Du sagst, du kanntest deinen Vater nicht besonders gut ...«

Ich nicke.

»Ich kannte ihn«, sagt er.

»Schön für Sie! Ich denke, Sie wollen mir Fragen stellen.«

Er geht nicht darauf ein. »Der Maler Henry Groot, nicht wahr?«

»Ja. Eigentlich hieß er Heinrich.«

»Und du sagst, du vermisst ihn nicht?«

»Das hab ich nie behauptet!«

»Dann vermisst du ihn also?«

»Was wollen Sie von mir?«

»Wie ich sehe, malst du auch?«
»Nein.«
»Ich besitze eines der Gemälde deines Vaters.«
»Hören Sie: Es ist nett, dass sie die Kunst meines Vaters mögen. Sie gehören damit zu einer seltenen Rasse. Aber wenn sie nichts weiter zu meinem Fieber sagen können, wäre ich jetzt gern allein. Mein Arzt hat mir Ruhe verordnet!«
Er lacht. »Touché!« Dann steht er vom Klavierhocker auf und beginnt, in meinem Zimmer umherzugehen. »Du bist also beunruhigt?«
»Sie drehen einem das Wort im Mund um!«
»Was beunruhigt dich?«
»Nichts, verdammt! Außer Ihnen vielleicht!«
»Vielleicht? Oder sicher?«
Ich verschränke die Arme und sehe an ihm vorbei.
»Ich könnte dich nicht beunruhigen«, sagt er und bleibt vor der Staffelei stehen, »wenn die Ursache deiner Unruhe nicht bereits in dir wäre. Dafür kennen wir uns nicht gut genug.«
»Falls Sie an einem näheren Kennenlernen interessiert sind, Herr Doktor, muss ich Sie leider enttäuschen. Ich suche mir meine Freunde in meiner eigenen Altersklasse. Wenn Sie in Ihrer Generation niemanden mehr finden, tut es mir leid!«
Wieder lacht er. »Warum willst du mich verletzen?«
»Warum gehen Sie mir auf die Nerven?«
»Weil ich glaube, dass du Hilfe brauchst.« Er wendet seinen Blick von der Staffelei ab und sieht mich an. »Ist das die Staffelei deines Vaters?«
Ich nicke.
»Ich weiß nicht, ob deine Probleme mit seinem Tod zusammenhängen. Ich weiß nur, dass du Probleme hast. Sie waren die Ursache deines Fiebers. Ich vermute auch, dass du bisher niemandem von deinen Problemen erzählt hast.«
Er sieht mich eindringlich an, aber ich reagiere nicht.
»Ich will gar nicht derjenige sein, bei dem du dich aussprichst. Es sei denn, du willst mir etwas erzählen.«
Wieder macht er eine Pause, und wieder bleibe ich stumm.
»Ich will dir nur einen Rat geben: Sprich mit jemandem. Sonst wirst du wieder krank. Und wieder. Und jedes Mal wird es schlimmer sein.«
»War das alles?«
»Ja, das war alles, was ich dir sagen wollte, Clara.«
»Keine Fragen mehr?«
»Nein, keine.« Er nickt mir zu, nimmt seinen Arztkoffer und wendet

sich zum Gehen. »Das heißt«, sagt er, die Klinke schon in der Hand, »eine Frage habe ich doch noch ...«

Ich seufze laut.

»Warum sagst du, als Liebhaber der Malerei deines Vaters gehöre ich zu einer seltenen Rasse?«

Ich sehe ihn an. Ich verstehe nicht, was er meint. »Er ist seine Bilder doch kaum losgeworden!«, sage ich.

»So?« Der Arzt sieht verwundert aus. »Also, für meines habe ich einen ziemlich hohen Preis bezahlen müssen. Etliche andere Sammler haben bei der Auktion dafür geboten.«

»Bei der Auktion?«

»Ja. Dabei ist es ein ziemlich kleines Bild!« Er scheint noch immer seinem Geld nachzutrauern. »*Aurorafalter*, aus einer Serie von Schmetterlingsbildern.«

Dann ist er draußen.

Den Rest des Nachmittags blättere ich eines der Jerry-Cotton-Hefte durch. Es gelingt mir nicht, mich auf die Geschichte zu konzentrieren. Nur so viel begreife ich: Cotton und Decker verhören einen Landstreicher, der einen Mord beobachtet hat. Vorher hat er selbst etliche Verbrechen begangen. Trotz seiner Zeugenaussage erwartet ihn nun die Strafe dafür. Die FBI-Agenten bemitleiden den Mann ein wenig. Doch das ist für sie kein Grund, ihn mit Samthandschuhen anzufassen.

*Sobald wir ihn nach Alabama abgeschoben hätten*, erklärt Cotton seinen Lesern, *würde er einem sehr wütenden Sheriff in die Hände fallen. Remo wusste verdammt genau, dass ihm lausige Zeiten bevorstanden. Wir konnten ihm nicht helfen.*

So, wie die beiden dem Landstreicher nicht helfen, hilft mir ihre Geschichte nicht, mich abzulenken. Mehrmals stehe ich aus dem Bett auf und gehe zum Fenster. Ich sehe zur Scheune hinunter. Das Tor ist verschlossen. Von Polizisten ist nichts zu sehen.

Es war meine Idee, den Jungen in die Pferdebox zu legen. Es dauerte, bis Hannes überhaupt begriff, was geschehen war. Als er endlich verstand, dass er den Jungen getötet hatte, zitterte er nur noch. Er sah seine übergroßen Hände an wie zwei fremde Wesen. Er versuchte zu sprechen, aber was dabei herauskam, war unmöglich zu verstehen. Er ließ sich neben dem Jungen auf die Knie sinken und begann zu weinen. Ich wusste, er würde dort sitzen bleiben. Bis jemand kam und ihn neben dem leblosen Körper fand. Ich sagte:

»Hannes, wir müssen hier weg!«

Er reagierte nicht. Er sah weiter sein Opfer an.

Ich griff nach seinen Schultern und rüttelte ihn, als müsste ich ihn aufwecken. Er war schwer, kaum einen Zentimeter konnte ich ihn bewegen. »Hannes!«, schrie ich ihn an. »Hörst du mich?«

Endlich hob er den Blick.

»Du hast das nicht gewollt! Es war ein Unfall!«

Er öffnete den Mund. Doch anstatt zu sprechen, zitterten seine Lippen nur.

Ich sah mich in der Scheune um. Als ich sagte, es sei ein Unfall gewesen, hatte ich nicht nur Hannes beruhigen wollen. Es war schließlich die Wahrheit ... oder etwa nicht? Doch diejenigen, die den Jungen finden würden, sollten auch daran glauben. Also mussten wir diese Wahrheit ein wenig verdeutlichen. Mein Blick fiel auf den Verschlag des Pferdes. Ich hörte den Schimmel gegen die Holzwände treten.

»Bring den Jungen zum Pferd«, sagte ich.

Hannes sah mich fragend an.

»Verdammt, tu was ich dir sage!«

Aus dem Fenster meines Zimmers blickend denke ich an den Blutfleck auf dem Torbalken. Schließlich sehe ich in der Ferne ein Auto den Schotterweg entlangfahren. Es nähert sich dem Hof. Eine Staubwolke folgt ihm, denn es hat noch immer nicht geregnet. Der Wagen erreicht den Hof und kommt direkt unter meinem Fenster zum Stehen. Zwei Männer in Zivilkleidung steigen aus. Ich trete einen Schritt zurück in den Schatten hinter dem Vorhang.

Als Gesine mein Abendessen bringt, kann sie mir nichts von den Ergebnissen der polizeilichen Untersuchung erzählen.

# Unter Tränen

In der folgenden Nacht träume ich von meinem Vater. Er führt mich durch eine Galerie seiner Gemälde. An einige kann ich mich erinnern. Ein Bild von mir hängt zwischen den *Falterporträts*. Früher hing es in der Stube dem Porträt meiner Großeltern gegenüber. Ich bin darauf etwa acht Jahre alt und stehe auf der Wiese hinter dem Haus. Obwohl rings um mich herum Sommerblumen blühen, trage ich einen dicken Mantel mit Kapuze. Auch bei diesem Bild meines Vaters fällt der Widerspruch nicht sofort ins Auge.

Er führt mich weiter zu einer Außenansicht des Bauernhauses. Hier wird die Aufmerksamkeit des Betrachters zunächst auf das Gebäude gelenkt. Beim Porträt meiner Großeltern ist es anders, dort schaut man fast nur auf sie. Ich finde das Bild langweilig und will weitergehen. Doch mein Vater lässt meine Hand nicht los. Er zwingt mich, das Bild so lange anzusehen, bis ich sein Geheimnis entdecke: In einigen der nur schwach erleuchteten Fenster stehen Menschen auf den Fensterbänken. Trotzdem stoßen sie sich nicht die Köpfe an den Rahmen, denn sie sind unverhältnismäßig klein. Ich erkenne Tante Hella, Onkel Schorsch, Hilke und Hannes. Sie sind nackt. Ich kann mich nicht erinnern, das Bild schon einmal gesehen zu haben. Ich will es noch länger ansehen, doch jetzt zieht mein Vater mich weiter.

Die beiden letzten Gemälde in der Reihe sind ein Selbstporträt und das Bild meiner Mutter. Ich erkenne meine Eltern nur, weil ich mich an die Bilder erinnere. Mein Vater steht in Cordhose und Strickjacke vor der Staffelei. Meine Mutter sitzt am Flügel. Ihr rotes Haar reicht gerade bis zu den nackten Schultern. Um den Hals trägt sie die Kette aus Lapislazuli. An ihren Gesichtern wären sie nicht zu erkennen: Sie sind aus der Leinwand herausgeschnitten. Ich trete auf die Bilder zu und strecke meine Arme in die beiden Löcher. Dahinter ist keine Wand, meine Hände fassen ins Leere.

Bis jemand sie ergreift und drückt. Ich will mich aus dem Griff befreien. Ich ziehe, zerre, stemme eine Schulter gegen das Bild meines Vaters. Doch die fremden Hände lassen die meinen nicht los.

»Wonach suchst du?«, höre ich eine Stimme fragen.

Ich erkenne sie. Es ist Hilkes Stimme. Ich schlage die Augen auf.
Sie steht vor meinem Bett und hält mich an den Händen. Das Zimmer liegt noch im Dämmerlicht des Morgens.
»Was willst du denn hier?«
»Sehen, ob es dir gut geht.«
»Bis eben habe ich wunderbar geschlafen.« Ich reiße meine Hände aus ihrem Griff.
»Dafür hast du aber ziemlich laut gestöhnt!« Sie lächelt. »Wovon hast du denn geträumt?«
»Warum sollte ich dir das erzählen?«
»Weil du mich interessierst.«
»Schleichst du deshalb nachts in mein Zimmer? Machst du das öfter?«
Sie antwortet nicht.
»Wie spät ist es eigentlich?«
»Ich schätze fünf Uhr.«
»Fünf?! Und warum bist du dann nicht in deinem eigenen Zimmer?«
»Ich konnte nicht schlafen. Ich hab dir Blumen gepflückt.« Sie deutet auf die Kommode.
Ein frischer Strauß Wiesenblumen steht dort. Die Blätter sind feucht vom Tau. Sie ähneln den Blumen auf dem Porträt von mir im Wintermantel auf der sommerlichen Wiese.
»Die roten blühen nur kurz im Morgengrauen, dann schließen sie sich wieder«, sagt sie.
»Danke, Hilke, danke für die schönen Blumen! Danke auch für all die anderen Blumensträuße, die du mir in letzter Zeit gebracht hast! Aber warum schleichst du in mein Zimmer, während ich schlafe? Wenn du mir was schenken willst, dann tu das bitte tagsüber.«
Sie scheint mich nicht zu hören. »Ich hab noch ein Geschenk«, sagt sie.
»Es reicht, Hilke!«
»Es ist nicht von mir. Ich soll es dir von Hannes geben.«
»Von Hannes? Wo ist er? Ich hab ihn seit ... seit Tagen nicht gesehen.«
»Er kommt auch kaum ins Haus. Treibt sich mal wieder die meiste Zeit im Wald herum. Das hier hat er mir für dich gegeben.«
Sie reicht mir ein Päckchen. Ein flacher Gegenstand ist in Zeitungspapier eingewickelt.
»Er hat es wohl selbst gemacht.«
Ich wickle es sofort aus. Zum Vorschein kommt ein hölzerner Bilderrahmen. Ich stehe auf, gehe zur Kommode, nehme die Fotografie meiner

Mutter aus der obersten Schublade. Der Rahmen passt exakt. Wie ist ihm das gelungen? Er hat das Bild doch nur einmal gesehen!

Ich spüre Hilke neben mir. Sie schaut auf das Foto.

»Deine Mutter«, sagt sie. Es ist eine Feststellung, keine Frage.

»Ja«, bestätige ich trotzdem.

»Was ist mit dem Foto passiert?« Sie streckt ihren Arm aus und nimmt es mir aus der Hand.

»Das ist Blut«, sage ich.

Sie tritt mit dem Foto in der Hand ans Fenster und betrachtet es im Licht. »Sie war schön«, sagt sie, mehr zu sich selbst als zu mir.

»Gib es mir wieder!«

Sie reagiert nicht.

Ich gehe auch zum Fenster und reiße ihr das Foto aus den Fingern.

»Pass auf!«, sagt sie. »Du machst es kaputt!«

»Nicht dein Problem!« Tatsächlich habe ich den Riss am Rand des Bildes vergrößert. Ich stecke es in den Rahmen und stelle ihn auf die Kommode. »Lässt du mich jetzt wohl noch ein bisschen schlafen?«

Hilke sieht weiter die Fotografie an. »Du bist wie sie«, sagt sie.

Ich bin überrascht. Niemals habe ich die geringste Ähnlichkeit zwischen meiner Mutter und mir entdeckt. »Wie kommst du denn darauf?«, frage ich.

Sie kommt auf mich zu und dreht sich dann halb herum. So stehen wir Schulter an Schulter, unsere Gesichter dem Bild zugewandt.

»Sie passte nicht hierher«, sagt Hilke.

»Wenn es das sein soll, worin wir uns ähneln«, sage ich, »hast du recht. Ich passe auch nicht aufs Land.«

»Wirst du weggehen?«

»Darauf kannst du dich verlassen!«

»Wann?« Ihre Stimme klingt ein paar Töne höher als sonst.

»So bald wie möglich. Willst du mich loswerden?«

»Nein.« Sie wendet ihr Gesicht von dem Bild meiner Mutter ab. Von unten sieht sie mich aus ihren Maulwurfsaugen an. »Ich will, dass du mich mitnimmst!«

Ich weiß nicht, was ich sagen soll.

Hilke greift nach meinen Ellenbogen. »Ich gehöre auch nicht hierher«, sagt sie. Ihre Fingernägel drücken sich in meine Arme. »Ich bin wie du!«

Einen Augenblick bleibe ich still, während ihr Blick über meinen Körper wandert. Dann lache ich. Laut und unbeherrscht. Ich kann nicht anders. Ich reiße mich von ihr los und gehe einige Schritte rückwärts, taumelnd vor Lachen.

»Du?«, rufe ich. Es ist mir egal, ob ich die anderen aufwecke. »Du meinst, du wärst wie ich? Du, Hilke?« Ich kann nicht aufhören zu lachen. »Wenn ich wie du wäre ...« Ich suche nach Worten. »Mein Gott, wenn ich wie du wäre ...« Ich lasse mich rückwärts auf mein Bett fallen.

Hilke sieht mich an. Von Sekunde zu Sekunde verhärten sich ihre Züge. Irgendetwas verändert sich. Etwas in ihr. Ich ahne, dass ich gerade etwas zerstöre. Vielleicht will ich das nicht. Irgendwie ist es mir aber auch egal. Ich kann einfach nicht aufhören zu lachen.

»Du meinst, du gehörst hier nicht hin?«, sage ich. »Wer denn dann, Hilke, wer passt besser in diese Einöde? Ja, wer ist denn genau so öde, so langweilig, so beschränkt wie das Leben hier? Du, Hilke, du bist es!« Ich sehe sie nicht mehr. Vom Lachen habe ich Tränen in den Augen. »Wenn ich wie du wäre, ... ich hätte mich längst zu Tode gelangweilt! Hörst du? Ich wäre längst daran gestorben, mich selbst so anzuöden!«

Ich höre, wie etwas zerbricht. Ich reibe mir die Augen und sehe Hilke über den Trümmern der Staffelei stehen. Sie tritt ein Loch in das unfertige Gemälde. Sie schmettert die Beine der Staffelei gegen die Wand. Eines hebt sie auf, hält es über ihren Kopf und kommt damit auf mich zu.

Ich rutsche zurück ans Kopfende meines Bettes.

»Du ...« Hilkes Stimme zittert. Sie kommt um das Bett herum. Sie bleibt erst dort stehen, wo sie meine Hände gehalten hat, als ich aufgewacht bin.

Wie lange ist das her? Zehn Minuten? Ich muss an den wissenschaftlichen Artikel über die Zeit denken. Eine Veränderung, wie sie Hilke gerade erlebt, machen viele Menschen niemals durch. Ihr ganzes Leben lang nicht. Ihre Zeit ist zu kurz für solch tiefe Veränderungen. Wandlung braucht Zeit. Dachte ich immer. Hilke, das massive Holz in ihrer erhobenen Faust, beweist mir das Gegenteil: Nichts braucht Zeit. Alles, was passieren kann, kann sofort passieren.

Ich fege diese Gedanken beiseite. Zeit ... Ich habe keine Zeit, jedenfalls nicht zum *Denken*. In der kurzen Zeit, die mir noch bleibt, muss ich etwas *tun*. Doch ich halte lediglich meine Hände vors Gesicht und drücke mich weiter ins Kopfkissen hinein. Hilke beugt sich über mich.

»Du eingebildete Zicke!«, ruft sie.

In einem weiten Bogen holt sie mit dem Bein der Staffelei aus.

Als Gesine das Frühstück bringt, frage ich sie zuerst nach der Polizei. Sie weiß noch immer nichts.

»Meine Schwester sagt, die erzählen ihr nichts, bevor sie sich ihrer Sache nicht sicher sind.«

»Was soll das heißen?«

»Das fragen wir uns auch.« Sie stellt das Tablett auf meine Oberschenkel. »Aber sie haben Jans Leiche jetzt endlich zur Beerdigung freigegeben.«

»Das kann doch nur Gutes bedeuten«, murmele ich. Ich habe nur laut gedacht, doch Gesine hat es gehört.

»Was meinst du damit?«, fragt sie.

»Ich mei-meine …« Ich stottere wie Hannes, hole Luft und beginne den Satz noch einmal. »Ich meine, es ist doch gut, dass er jetzt beerdigt werden darf. Damit er seinen Frieden findet. Es wurde schließlich Zeit.«

Sie gießt mir Tee ein und starrt in die Tasse. »Ja …«, sagt sie.

»Setzt du dich zu mir Gesine?«

Sie sieht mich an und lässt sich auf die Bettkante sinken. Dabei passt sie auf, dass der Tee nicht über den Rand der Tasse schwappt.

»Hast du Hilke heute schon gesehen?«, frage ich.

»Nein. Warum fragst du?«

»Ich bin heute Nacht aufgewacht. Von einem Geräusch. Hörte sich wie ihre Stimme an.«

»Ich schlafe fest.«

»Da kannst du froh sein!« Ich schlürfe meinen Tee. »Vielleicht war es ja auch ein Tier.«

»Ein Tier? Du findest, man kann Hilke mit einem Tier verwechseln?« Gesine sieht mir in die Augen.

»Na ja …«

Und ob, denke ich. Wieder sehe ich sie über mir stehen, etwa dort, wo jetzt Gesine sitzt. Wie sie zitterte. Wie weit ihre Augen aufgerissen waren. Wie lange es dauerte, bis sie sich in Hannes' Griff endlich beruhigte.

Hannes.

Er allein schien den Lärm gehört zu haben. Ich frage mich, was mit Tante Hella war. Schlich sie letzte Nacht nicht durchs Haus? Schlief sie ausnahmsweise? Oder hörte sie uns und kam trotzdem nicht in mein Zimmer?

Hannes führte seine Schwester schließlich hinaus. In seinen Armen hatte sie das Bein der Staffelei fallen lassen und zu weinen begonnen. Ich hörte sie die Treppe hinabsteigen. Dann begann ich, die Trümmer der Staffelei und das zerstörte Gemälde wegzuräumen. Ich kletterte auf den Kleiderschrank und stieß die Luke zum Dachboden auf. Oben legte ich die Reste der Staffelei und des Gemäldes zu den Sachen meines Vaters. Bis zum Frühstück hätte ich den Anblick der Unordnung in meinem Zimmer nicht ertragen. Außerdem wollte ich nicht, dass jemand Fragen stellte.

»Du hast recht«, sage ich zu Gesine. »Hilke und ein Tier – dummer Vergleich! Wie bin ich nur darauf gekommen?« Ich bestreiche mein Toastbrot mit Butter und Marmelade. »Es muss der Schrei eines Tieres gewesen sein!«

»Der Doktor hat gesagt, du kannst morgen aufstehen?«, fragt Gesine. »Ich finde nicht, dass du schon wieder gesund aussiehst.« Sie legt ihre Hand auf meine Stirn.

»Mir geht's gut«, sage ich.

»Wirklich? Dann kannst du ja mit zu Jans Beerdigung kommen!«

Ich beiße vom Toast ab und kaue. Ich kaue lange. »Wann ist sie denn?«

»Morgen.«

Ich beiße noch einmal ab, obwohl ich den ersten Bissen noch nicht geschluckt habe.

»Oder willst du nicht?«, fragt Gesine.

Ich nicke. »Doch, doch!«

Sie sieht mir beim Kauen zu. Für einen Augenblick sagen wir beide nichts. In den letzten Tagen war ich froh über die Gespräche mit Gesine. Auch sie scheint gern bei mir zu sitzen. Doch heute ist es anders. Es scheint, als würde sie in meinen Augen nach etwas suchen. Wir sind noch längst keine Freundinnen geworden. Aber wir haben uns auf den Weg zu etwas Ähnlichem wie einer Freundschaft begeben: Während sie mich gepflegt hat, haben wir eine Art von Vertrautheit erreicht. Dieses Vertrauen erscheint mir jetzt gefährdet. Ich brauche jemanden, der mir vertraut. Ich weiß das, wenn ich an die Familienbibel denke. Ich brauche jemanden, der mir vertraut, wenn ich an das Scheunentor denke.

»Gesine, wir haben nie darüber gesprochen«, sage ich. »Und jetzt kommt es mir so vor, als würde etwas zwischen uns stehen. Etwas Unausgesprochenes eben.«

»Das kann gut sein«, sagt sie. »Was, meinst du, ist es?«

Ich nippe an meinem Tee. »Als ich dich im Büro gesehen habe …«, sage ich. »Dich und …«

»Du meinst, als du mich mit deinem Onkel erwischt hast. Sag es ruhig!«

»Das ist es eben. Dieses Wort: erwischt! Ich finde nicht, dass ich euch *erwischt* habe! Das klingt so nach Verbrechen!«

»Ist Ehebruch kein Verbrechen?«

»Für mich nicht.«

»Was ist dann ein Verbrechen für dich, Clara?«

Ich zögere. Ich weiche aus. »Jedenfalls habe ich auch schon zu Onkel Schorsch gesagt: Es ist mir egal, was ihr beide miteinander macht, vollkommen egal!«

Noch ein paar Sekunden sieht sie mir in die Augen. Dann endlich lässt ihr Blick mich los. Sie schaut auf den Teller mit dem angebissenen Toast. Sie starrt das Marmeladenbrot an, als würde es im nächsten Moment lebendig. Als sie mir wieder ins Gesicht sieht, lächelt sie. »Ich wusste lange nicht, was ich von dir halten sollte, Clara. Ich hielt dich für stolz und eingebildet.«

»Wahrscheinlich bin ich das auch.« Jetzt senke *ich* meinen Blick auf den Teller.

»Ja, wahrscheinlich bist du nach wie vor viel zu stolz«, sagt sie. »Es ist gut, dass du es einsiehst.« Sie greift nach meinen Händen und drückt sie. »Aber vielleicht habe ich auch deine Situation zu wenig bedacht.«

Ich tue so, als wollte ich das verneinen, und lasse mich von ihr daran hindern.

»Spiel es nicht herunter!«, sagt sie. »Genau hier macht dir dein verdammter Stolz das Leben schwer.«

Ich sehe sie wieder an.

»Wenn du mal eine Freundin brauchst«, sagt sie, »oder einfach nur jemanden zum Reden ...«

Ich nicke. »Danke, Gesine!«

Sie stellt das Tablett auf den Boden und nimmt mich in den Arm. »Du kriegst das schon hin mit dem Leben hier«, sagt sie. »Ich helfe dir!«

»Danke«, sage ich noch einmal.

Während Gesine mich an sich drückt, blicke ich in den Spiegel über dem Waschbecken. Mein Körper ist von ihr verdeckt. Nur mein Kopf ist zu sehen. Er liegt auf Gesines Schulter wie ein biologisches Präparat auf einem Regal. Auch ich lächle. Mein Lächeln erinnert mich an ein anderes. Es gleicht Tante Hellas Lächeln, als sie nachts in meinem Zimmer stand. Es ist das Lächeln einer Siegerin.

Bevor Gesine das Frühstücksgeschirr hinausbringt, spreche ich sie auf die Bilder meines Vaters an. Ich frage, ob sie wisse, wann er die letzten verkaufte.

»Das muss ganz kurz vor seinem Tod gewesen sein«, sagt sie.

»Warum?«

»Vorher hingen noch ein paar im Haus.«

»Auch eines meiner Mutter?«

»Die Frau am Klavier ... das war deine Mutter, oder?«

»Ja.«

»Das Bild hing im Zimmer deines Vaters.«

»Wie lange?«

Sie zuckt mit den Schultern. »Das kann ich wirklich nicht genau sagen, Clara. Es muss eines der letzten gewesen sein. Ich weiß, dass es noch an

der Wand hing, als sein Zustand sich verschlimmerte. Ich hab deine Mutter immer um die Kette aus blauen Edelsteinen beneidet.«
»Lapislazuli«, sage ich.
»Hat sie dir die Kette vererbt?«
Ich schüttele den Kopf. »Gesine ...« Ich weiß nicht, wie ich mich ausdrücken soll. »Wie war es eigentlich, als es ihm schlechter ...«
»Als es zu Ende ging?«
Ich nicke. »Ich meine, eigentlich weiß ich gar nicht, woran genau er gestorben ist. Ich weiß, es ging ihm nie wirklich gut. Ich weiß auch, dass er Medikamente genommen hat. Aber im Grunde war er doch nur depressiv. Kann man daran sterben?«
Gesine kommt noch einmal zu meinem Bett zurück und setzt sich neben mich. Sie nimmt meine Hände in ihre eigenen kleinen Hände, die mich einmal an Nagetiere erinnerten. Jetzt umschließen ihre kurzen, kräftigen Finger meine Fäuste wie die Schale eine Nuss.
»Ich bin nicht besonders gebildet«, sagt sie. »Du sagst, dein Vater war *nur depressiv*. Ich weiß nicht einmal genau, was das bedeutet. Aber ich kann mich noch gut daran erinnern, wie ich ihn erlebt habe.« Sie sieht zum Fenster und holt Luft. »Ich bin jetzt seit fast vier Jahren auf dem Hof, Clara. In dieser Zeit habe ich deinen Vater jeden Tag gesehen, bis zu seinem Tod. Und ich kann dir versichern: Nicht ein einziges Mal habe ich ihn in dieser Zeit lachen sehen. Noch nicht einmal lächeln.« Ihre Augen werden feucht. Sie zieht ein Taschentuch aus ihrer Schürze und schnäuzt sich. Dann nimmt sie wieder meine Hände und drückt sie. »Er hat zuletzt nur noch im Bett gelegen. Er hat so gut wie gar nichts mehr zu sich genommen. Clara, dein Vater war krank, so viel steht fest. Ich glaube, das Leben selbst hat ihn krank gemacht. Ich glaube, er konnte es einfach nicht lieben. Und wenn jemand das nicht kann, wenn es ihm über Jahre nicht an einem einzigen Tag gelingt, dann, glaube ich, kann er daran sterben. Ja, ich bin mir sicher: Daran stirbt man irgendwann.«
Sie weint. Ihre Tränen fallen auf unsere Hände. Sie wollen in den Spalt dazwischen rinnen und schaffen es nicht. Denn da ist kein Spalt, so fest drückt Gesine meine Hände.
Im Morgengrauen, als ich Hilke verspottete, schossen mir vor Lachen Tränen in die Augen. Jetzt weine ich wieder. Ich weine um meinen traurigen Vater. Ich weine um meinen toten Vater. Ich weine zum ersten Mal um ihn.

Am nächsten Tag stehe ich vor seinem Grab. Seit seiner Beerdigung ist es das erste Mal. Ich habe Blumen mitgebracht, rot und gelb, ich weiß nicht ihre Namen. Es gibt keine Vase auf seinem Grab. Ich weiß, die Blumen werden noch heute vertrocknen. Trotzdem lege ich sie auf die nackte Erde.

Im Westen donnert es. Das ist in den vergangenen Wochen schon öfter vorgekommen: Donner aus der Ferne, jedoch kein Tropfen Regen. Die einzige Feuchtigkeit ist der eigene Schweiß. Ich kremple die Ärmel des weißen Hemdes hoch. Es ist ein Hemd meines Vaters. Ich habe es auf dem Dachboden aus einem der Koffer genommen. Hilkes Blusen will ich nicht mehr anziehen. An meinen Armen gibt es kaum einen Quadratzentimeter, der noch nicht von Mückenstichen gezeichnet ist. An einigen besonders beliebten Stellen scheinen Narben zurückzubleiben. Vielleicht würde ich die Mücken vermissen, wenn sie jetzt plötzlich verschwänden.

Ich werfe einen letzten Blick auf das Grab meines Vaters und drehe mich um. Zwei Reihen weiter hat sich die Trauergemeinde um das Grab des Jungen versammelt. Ich höre die Stimme des Pastors. Je näher ich komme, desto lauter wird sie, desto mehr Worte erkenne ich. Es ist der gleiche Text wie vor sechs Wochen. Ich bleibe hinter den anderen Leuten stehen. Durch eine Lücke zwischen zwei großen Männern vor mir sehe ich die Mutter des Jungen. Ein Mann hält sie im Arm. Die beiden stehen am Rand des Grabes. Die Sargträger haben den Sarg schon in die Grube hinuntergelassen und sind zur Seite getreten. Mutter und Vater werfen Rosen ins Grab und bleiben noch einen Moment stehen. Dann zieht der Mann seine Frau zur Seite. Ihr Weinen wird lauter.

Danach tritt Gesine nach vorn. Ein junger Mann begleitet sie. Auch die beiden werfen Rosen ins Grab, bevor sie den Nächsten Platz machen. Wie ein einziges Lebewesen gehen die Trauernden einen gemeinsamen Schritt aufs Grab zu. Ich stehe ganz hinten. Und als Einzige bleibe ich stehen. Das dritte Paar geht zur offenen Grube. Das vierte. Ein weiterer gemeinsamer Schritt. Ihr seid alle zum Schlangestehen erzogen, denke ich. Noch ein Schritt. Ich bewege mich nicht. Die Lücke zwischen mir und den anderen vergrößert sich. Gleich wird es auffallen.

Ich spähe durch den Spalt zwischen den beiden Männern vor mir. Wer keine Blumen hat, wirft mit einer kleinen Schaufel ein wenig Erde auf den Sarg. Dann geht einer nach dem anderen zu den Eltern des Jungen hinüber. Die heben den Blick nur kurz, so dass er den Blick der Leute kaum streift. Man umarmt sich, schüttelt Hände und tut dasselbe entlang der Reihe von Angehörigen. Schließlich nimmt man seinen Platz in einer neu entstehenden Formation ein. So nimmt vor dem Grab die Zahl der Trauernden ab. Gleichzeitig wächst sie daneben Mensch für Mensch wieder auf ihre ursprüngliche Größe an: ein geschlossenes System. Nichts geht verloren, wie beim Wasserhaushalt der Erde, ein ständiges Regnen und Verdunsten.

Ich bin der Störfaktor. Ich bringe das System aus dem Gleichgewicht. Während vor mir jeder etwas ins Grab wirft – einen Blick, eine Blume, ein Häufchen Erde – bleibe ich, wo ich bin. Ich stehe still. Ich kann das nicht. Am Ende werde ich in der zweiten Gruppe fehlen. Ich werde nicht nach unten gesehen haben.

Gerade treten Tante Hella, Onkel Schorsch und Hilke vom Grab zur Seite. Hannes ist auf dem Hof geblieben. Niemand hat sich daran gestört. Würde es auffallen, nicht nach vorn zu gehen? Würde es Verdacht erregen? Nicht, wenn ich sofort verschwinde, so lange es niemand bemerkt. Es sind kaum noch Leute vor mir. Wenn ich ungesehen gehen will, muss ich es jetzt tun. Ich sehe mich nach dem nächsten Gebüsch um. Links von mir, vielleicht zwanzig Meter entfernt, steht eine Gruppe Rhododendren. Ihr immergrünes, dichtes Laub wird mich aufnehmen. Noch ein letzter Blick nach vorn, zur Sicherheit, um den richtigen Moment abzupassen ...

Zwei Augenpaare sehen mich an. Als wollten sie mich etwas fragen. Es sind die beiden Männer, die vor mir gestanden haben. Wir drei sind die Letzten vor dem Grab. Rechts daneben hat die Trauergemeinde beinahe wieder ihre ursprüngliche Zahl erreicht. Nur wir fehlen noch. Die Männer sehen mich an. Ihre Blicke scheinen zu fragen: Traust du dich nicht allein? Sollen wir dich mitnehmen? Und tatsächlich streckt einer der beiden, ein breitschultriger Blonder, jetzt seinen Arm nach mir aus. Als ich nicht sofort reagiere, legt er die Stirn in Falten. Komm schon Mädchen! Was ist los mit dir? Warum willst du nicht ans Grab?

Ich habe sie erkannt. Es sind die beiden Polizisten, die ich von meinem Fenster aus sah. Die Polizisten, die sich noch einmal den *Ort des Geschehens* ansehen wollten. Jetzt streckt mir auch der zweite seine Hand entgegen. Ich weiß, es ist zu spät, um noch wegzulaufen. Nichts wäre verdächtiger. Noch einmal sehe ich zu den Sträuchern hinüber. Dann gehe ich den ersten Schritt vorwärts.

Niemand spricht ein Wort. Ich bin mir sicher, dass alle nur mich ansehen. Wen sollen sie auch sonst ansehen? Wer ist denn verantwortlich dafür, dass sie sich in ihren schwarzen Sachen quälen müssen? Es mag ja sein, dass Hannes die Schaufel nach dem Jungen warf. Aber wer ist denn schuld daran? Wer brachte ihn denn so durcheinander? Natürlich wissen es alle. Sie wissen es längst. Die Polizisten haben es ihnen gesagt, als ich am Grab meines Vaters gewesen bin.

»Aber lasst euch nichts anmerken, Leute!«, haben sie geflüstert. »Den Spaß wollen wir uns doch nicht verderben! Den Spaß, sie so zittern zu sehen!«

Ja, ich zittere. Mein Atem wird schneller, wird immer lauter. Die Polizisten bemerken es, als sie mich unterhaken und zum Rand der Grube führen. Sie haben ihren Spaß daran. Den muss ich ihnen verderben. Ich muss mich zusammenreißen, muss an etwas anderes denken. An etwas Beruhigendes. Ich schließe die Augen.

Die Männer führen mich näher ans Grab heran. Alles, was ich höre, sind unsere Schritte. Die Kiesel knirschen unter den Sohlen. Würde es doch regnen, wäre der Boden doch feucht, dann wären auch unsere Schritte leiser. Ich sehe Regentropfen auf Häuser, in Baumwipfel und schließlich in einen See fallen. Ich sehe, wie die Tropfen Muster auf die Oberfläche des Sees malen: konzentrische, sich vergrößernde und sich dabei ineinander verschiebende Kreise. Mein Atem geht wieder langsamer. Die Augen halte ich weiter geschlossen.

»Alles in Ordnung, Mädchen?«, flüstert der Polizist rechts neben mir. Ich nicke. Ich sehe einen Strudel quellklaren Wassers.

»Willst du dich nicht verabschieden?«, fragt der andere. »Willst du nicht die Augen öffnen?«

Ich tue es. Ich schaue ins Grab hinunter. Doch auch dort unten sehe ich nur Wasser.

# Unter Wolken

In der Ferne donnert es. Ich sehe aus dem Fenster meines Zimmers. Im Westen verdunkelt sich der Himmel. Die Pappeln am Feldweg neigen sich im Wind. Ihr Laub zittert, man hört das Rauschen der Blätter bis zum Haus. Ich öffne das Fenster und kremple die Hemdsärmel wieder herunter.

Die Abkühlung hat auf dem Rückweg vom Friedhof begonnen. Wir sind spät zurückgekehrt, zu spät für ein Mittagessen zur üblichen Zeit. Nach der Beerdigung hat es in dem einzigen Fleetstedter Restaurant Kaffee und Schnaps gegeben. Noch jetzt ärgere ich mich über die Verspätung. Ich kann meinen Vater verstehen. In den vergangenen Wochen habe ich gelernt, den Wert fester Essenszeiten zu würdigen. Sie geben dem Tag eine Richtschnur, wenn alles andere im Formlosen, im Ungewissen verschwimmt. Feste Zeiten sind ein Haltegurt, während man durch unruhiges Wasser watet. Ich stehe am Fenster, beobachte die Wolken und lasse den Wind ins Hemd meines Vaters wehen.

Der Fluss meines Alltags ist noch unruhiger geworden, nachdem Hilke die Staffelei zerstört hat. Das ist erst gestern früh gewesen. Doch die seitdem vergangene Zeit erscheint mir so lang wie ein ganzer heißer Sommer. Ich habe mich ans Malen gewöhnt. Beinahe hat es meine Biologie-Lektüre verdrängt. Im Regal stehen noch ungelesene Bücher, doch sie interessieren mich kaum mehr. Ich will wieder malen, aber ohne die Staffelei geht es nicht. Schon gestern habe ich es probiert. Zuerst habe ich die Leinwand auf meine Knie gelegt. Keine Chance. Ich habe es auf der Kommode probiert, schließlich auf dem Fußboden.

Unmöglich. Ich habe gelernt: Meine Malerei ist untrennbar mit der Staffelei verbunden.

Hilke.

Mir ist bewusst, dass ich sie provoziert habe. Auch ich habe etwas zerstört, etwas in ihrem Innern. Aber rechtfertigt das die Zerstörung der Staffelei und des Giftbildes? Sind die nicht mehr wert als Hilkes Träumereien? Habe ich ihr nicht sogar einen Gefallen getan, indem ich sie zurückgewiesen habe?

Vielleicht liegt es am verspäteten Mittagessen. Nein, eher an der Begegnung mit den Polizisten am Grab des Jungen. Jedenfalls bin ich voller Unruhe. Und voller Wut auf Hilke. Gleichzeitig macht mir die Erinnerung an sie Angst: die Erinnerung an das Holz in ihrer Hand. Auf dem Weg zum Friedhof sah sie kein bisschen schuldbewusst aus. Ich wich ihrem Blick schon vor der Abfahrt aus. Doch da ist ja nicht nur Hilke, da ist ja auch noch ihre Mutter. Auch ihr kann ich nicht mehr in die Augen sehen. Vorhin wartete ich nicht ab, ob eine der beiden den Beifahrersitz des Volvos beanspruchen würde. Rasch setzte ich mich neben meinen Onkel. Während der Fahrt spürte ich die Blicke von Mutter und Tochter im Rücken.

Noch etwas beunruhigt mich: Ich bin nicht mehr in der Scheune gewesen. Ich frage mich, wie der Torbalken aussieht. Ist der Blutfleck in den vergangenen Tagen verblasst? Wie deutlich war er zu sehen, als die Polizisten die Scheune untersuchten? Warum waren sie bei der Beerdigung?

Ich muss in die Scheune. Ich fürchte mich davor, den Blutfleck so zu sehen, wie ihn meine Erinnerung mir zeigt: leuchtend rot wie ein Verkehrssignal. Außerdem fürchte ich mich davor, in seiner Nähe gesehen zu werden. Trotzdem muss ich gehen. Nur Gewissheit kann meinen Zustand verändern. Entweder wird sie mich beruhigen oder sie wird meine Nervosität noch steigern. In jedem Fall wird sich etwas ändern. Ich schließe das Fenster und steige die Treppe hinunter.

Der Schimmel grast auf der Wiese. Trotzdem kann ich ihn in der Scheune riechen: seinen Schweiß und seinen Kot. Ich will das Tor hinter mir schließen. Da wird es aus meiner Hand gerissen und fällt krachend zu.

Ich bleibe auf der Stelle stehen, still, ich wage kaum zu atmen. Das Tor gegenüber ist geöffnet, der Luftzug hat das Tor hinter mir zugeworfen. Ich kann niemanden in der Scheune entdecken. Allerdings kann ich auch nur wenig erkennen. Es ist an diesem Nachmittag noch dunkler in der Scheune als an Onkel Schorschs Geburtstag. Daran ändert auch das geöffnete Tor nichts. Seit einer Stunde fällt kein grelles Sonnenlicht mehr durch die Ritzen der Wände. Ich spähe in jeden sichtbaren Winkel. Noch einen Augenblick lang horche ich nach einem möglichen Geräusch. Kein Strohhalm bricht, und niemand atmet.

Ich bin allein. Ich stehe noch genau dort, wo mir das Tor aus der Hand gerissen worden ist. Das Tor. Der Balken. Er ist hinter meinem Rücken. Wenn ich die Hand nach hinten ausstrecke, kann ich ihn vielleicht schon berühren. Ich versuche es und greife ins Leere. Ich muss mich schon umdrehen. Eine bloße Berührung reicht ohnehin nicht aus. Ich muss mir den Balken schon ansehen, muss nach dem Blutfleck suchen. Ich atme ein. Die

Luft riecht nach Regen, der noch nicht gefallen ist. Wann beginnt endlich das Gewitter?

Ich drehe mich um. Im Zwielicht der Scheune ist nicht viel zu erkennen. Das Tageslicht fällt durch das geöffnete Tor auf meinen Rücken. Mein Körper wirft einen Schatten genau dorthin, wo der Fleck sein muss. Das Tor selbst ist kaum mehr als ein Schatten: eine Wand aus Dunkelheit, deren Oberfläche keine Unterschiede erkennen lässt. Und wo sich dieser Schatten mit meinem eigenen verbindet, ist es noch dunkler.

Ich muss näher herangehen. Ein Schritt, ich beuge mich hinunter. Ein zweiter Schritt, ich gehe in die Knie. Jetzt sehe ich deutlich einen Balken. Ich erkenne den Querbalken, auf den der Junge gefallen ist. Noch ein Stück weiter recke ich meinen Hals auf der Suche nach der richtigen Stelle.

Als eine Hand sich auf meine Schulter legt.

Sie fühlt sich groß und kräftig an. Onkel Schorsch, nicht schon wieder! Gleich wird er anfangen, meine Schulter zu massieren. Dann wird er fragen, wonach ich hier suche. Ich will nicht erst darauf warten. Vor allem will ich die Massage vermeiden. Ich drehe mich um und sehe nach oben.

Der Mann über mir ist nicht mein Onkel. Trotz des Zwielichts leuchtet sein blondes Haar. Er ist groß und breitschultrig. Ich erkenne einen der beiden Polizisten. Es ist jener, der mir am Grab des Jungen zuerst die Hand entgegengestreckt hat. Jetzt tut er dasselbe.

Ich kann gar nicht anders. Als ich meine Hand in seine lege, geschieht das wie von selbst. Ich lasse mich von ihm hochziehen. Er hat einen festen Griff, den er auch nicht lockert, als er fragt:

»Was machst du hier?«

Ich sage: »Lassen sie mich bitte los!«

Er tut es, bleibt aber dicht vor mir stehen. »Du bist doch die vom Friedhof«, stellt er fest.

Ich nicke.

»Und sagst du mir jetzt, wonach du hier suchst?«

Ich springe an ihm vorbei, renne durch die Scheune, höre ihn hinter mir rufen. Seine Worte verstehe ich nicht. Ich renne weiter: durch das Tor, über die Auffahrt, ums Haus herum, über die Wiese, in den Wald.

Ich beachte die Wege nicht. Geradeaus renne ich, durchs Unterholz, immer geradeaus. Dornensträucher reißen an meinen Hosenbeinen und am Hemd meines Vaters. Das Zerreißen von Stoff und mein Atem sind die einzigen Geräusche, die ich höre. Als ich nicht mehr weiterrennen kann, lasse ich mich neben einen umgestürzten Baum sinken. Der Baum liegt auf einer Lichtung. Ich schaue zum Himmel zwischen den Baumkronen. Wolken ziehen darüber. Sie bewegen sich schnell, als würden auch sie vor etwas fliehen. Erst als mein Keuchen aufhört, mein Atem langsamer wird, fällt mir die Stille auf.

Der Wald ist vollkommen ruhig. Kein Vogel singt, kein Wildschwein bricht einen Zweig. Selbst der Wind scheint nicht mehr zu wehen. Kein Blatt bewegt er. Der Moment wirkt wie eingefroren. Nur die Wolken rasen weiter, als hätten sie nichts mit alldem zu tun. Ich fühle mich wie das einzige Lebewesen unter diesen Bäumen. Ist das die sprichwörtliche Ruhe vor dem Sturm, die Ruhe vor dem Gewitter? Doch auch Donner ist nicht mehr zu hören. Fast wünsche ich mir, das Bellen von Hunden zu hören. Von Polizeihunden, die den Wald nach mir durchsuchen. Werden in den Filmen die flüchtigen Verbrecher nicht immer von Hunden gejagt? Aber ich höre weder Hunde noch sonst ein Geräusch.

Noch nie in meinem Leben habe ich mich so allein gefühlt. Ich wage nicht, mich zu bewegen. Ich fürchte mich davor, durch ein Geräusch die Ruhe zu stören. Es ist jedoch keine Angst davor, einen stillen Beobachter auf mich aufmerksam zu machen. Vielleicht wartet ja jemand im Verborgenen auf mich, doch darum sorge ich mich jetzt nicht. Ich fürchte mich davor, meine Geräusche ohne Antwort, ohne die geringste Reaktion verhallen zu hören. Wirft man einen Stein ins Wasser, so bilden sich Kreise auf der Wasseroberfläche. Ich befürchte, meine Stimme würde in diesem Moment, in diesem Wald keinen Widerhall erzeugen. Soll ich zum See gehen und einen Stein hineinwerfen? Werden sich dann Kreise auf der Oberfläche bilden? Ich zweifle daran.

Noch einmal lausche ich in alle Richtungen. Da ist nichts. Nur das Pulsieren meines Blutes in meinen Ohren. Die Welt steht still, nur die Wolken und ich, wir fliehen weiter.

Das sollte ich zumindest. Stattdessen entferne ich Dornen aus meiner Haut. Ich bin müde. Als mir ein Dorn ins Nagelbett sticht, schreie ich auf. Es ist, wie ich erwartet, wie ich befürchtet habe: Meine Stimme verursacht nicht den geringsten Hall. Sie klingt, als spräche ich in ein Kissen. War es hier immer so? Ich versuche mich an Geräusche zu erinnern. Wie war es am See, wie klangen die Schreie der Kinder? Wie war es mit Hannes auf dem Hochsitz? Klang dort auch jedes Wort, als wären wir in Watte gehüllt? Oder versagt meine Reizwahrnehmung, versagt mein Gehirn? Ist etwas mit meinen Synapsen nicht in Ordnung? Vielleicht leiten meine Nervenzellen die eingehenden Reize nicht richtig weiter?

Ich stehe auf. Mit der Fußspitze trete ich gegen den Baumstamm, und es tut weh. Ich suche eine Brennnessel, fasse sie an, und auch das tut weh, sehr weh sogar. Die Brennnessel hat genau das Grün, das Brennnesseln haben sollten. Daneben wachsen wilde Himbeeren. Ich probiere ein paar, und sie schmeckten, wie Himbeeren schmecken sollten. Es besteht kein Zweifel: Ich bin gesund. Mein Zentralnervensystem verarbeitet alle Reize in der zu erwartenden Weise. Mit Ausnahme der akustischen Reize. Werde ich taub?

Ich stolpere über eine Wurzel und falle hin. Reflexartig halte ich nach Kleintieren Ausschau, nach Käfern oder roten Waldameisen. Im Moos unter meinem Gesicht ist keines zu entdecken. Das Moos ist hellgrün. Es riecht unerwartet süß. Mein Kinn liegt weich wie auf einem Kissen. Ich schließe die Augen.

Ich muss an Tante Hella denken. Sie stumm, ich taub: So würden wir vielleicht besser miteinander auskommen. Wenn ich ohnehin nichts höre, kann mir ihr Sprechen nicht fehlen. Ihre Augen verraten mir ja schon längst nichts mehr über ihre Gedanken. In ihrer Gegenwart wäre es nur konsequent, taub zu sein. Am besten taubstumm, damit sie selbst auch nicht besser dran wäre.

Meine Lippen sind leicht geöffnet wie manchmal kurz vor dem Einschlafen. Hin und wieder bemerke ich dann, dass ich auf mein Kopfkissen sabbere. Jetzt schmecke ich das Moos. Es ist nicht süß, wie sein Geruch erwarten lässt. Es schmeckt bitter. Ich schlage die Augen wieder auf. Was mache ich hier eigentlich? Worüber denke ich nach? Habe ich nichts Besseres zu tun? Sicher hat man immer Besseres zu tun, als mit dem Gesicht im Dreck zu liegen. Aber was genau ich jetzt machen soll, weiß ich nicht. Wohin soll ich gehen, wenn ich mich jetzt auf die Füße zwinge? Warum also nicht liegenbleiben? Verbringt Hannes nicht auch ganze Tage im Wald? Das Gewitter scheint vorbeigezogen zu sein. Es wird trocken bleiben und warm genug, um im Freien zu übernachten. Ich werde einfach hier liegenbleiben. Wieder schließe ich die Augen.

Ich will es tatsächlich. Der Boden ist weich und warm. Doch ich liege noch nicht lange, als sich meine Unruhe wieder steigert. Ich fühle sie als Kribbeln in den Gliedmaßen, als Schwere im Kopf. Leichte Krämpfe der inneren Organe begleiten sie. Früher las ich in meinen Biologiebüchern, wenn ich nervös war. In den letzten Wochen habe ich zur Malerei gewechselt. Beides ist jetzt unmöglich: Die Staffelei ist zerstört, und ich kann nicht zum Hof zurück. Nicht, solange ich damit rechnen muss, den Polizisten in die Arme zu laufen.

Einen Ort gibt es noch, an den ich gehen kann. Dort gibt es etwas, das mich noch besser beruhigen wird. Ich stehe auf, spucke Moos aus und klopfe mir Dreck von Hemd und Hose.

Eine Weile irre ich durchs Unterholz, ehe ich einen Weg finde. Ich folge ihm, bis ich zwischen den Bäumen den Hochsitz sehe: ein Würfel auf vier Stelzen, von Efeu umrankt und von Moos bedeckt. Der Wald verschlingt das fremde Objekt. Mit jedem Jahr, mit jeder Efeuranke verschwindet seine Geometrie tiefer in der Pflanzenwelt. Ein Fremdkörper in dieser Umgebung wird der Hochsitz dennoch bleiben. Aber die Tiere haben sich an ihn gewöhnt. In unmittelbarer Nähe treten sie aus den Sträuchern hervor. Genau vor den Flinten der Jäger kreuzen sie den Waldweg. Ob Rehe und Wildschweine jemals einen Instinkt dafür entwickeln werden, solche Hochsitze zu meiden? Darüber denke ich nach, als ich auf die Leiter zugehe.

Eine Hand wird mir entgegengestreckt. Ich bin froh, Hannes hier zu treffen. Seit der Begegnung mit Hilke im Morgengrauen haben wir uns nicht mehr gesehen. Seitdem Hannes sie zurückriss, in seinen Armen beruhigte und schließlich aus meinem Zimmer führte. Es ist an der Zeit, sich bei ihm zu bedanken. Nicht zum ersten Mal, doch heute bin ich bereit dazu, heute werde ich es tun. Ich greife nach der ausgestreckten Hand und lasse mich nach oben ziehen.

»Hallo, Clara«, sagt er.

Es ist nicht Hannes. Vor mir steht sein Vater. Unter der niedrigen Decke beugt er sich nach vorn. Ich rieche seinen Atem. Nach der Beerdigung hat Onkel Schorsch viel Schnaps getrunken. So wie er jetzt riecht, muss er später noch weitergetrunken haben.

»Du kommst mich besuchen?«, fragt er.

»Eigentlich nicht.« Ich ziehe meine Hand aus seiner.

»Schade! Aber nun bist du hier, also setz dich auch!« Er greift nach meinen Schultern und drückt mich auf die Bank. »Du kommst oft hierher?«

Ich will mit den Schultern zucken, aber er drückt sie nach unten.

»Manchmal«, sage ich.

»Mit Hannes?«

Ich antworte nicht.

»Ist doch nichts dabei«, sagt er.

Er lässt mich los und tritt einen Schritt zurück. Seine Beine beugt er, damit sein Kopf nicht an die Decke stößt. So lehnt er sich an die Wand gegenüber. Er lächelt. Dabei kneift er die Augen noch stärker zusammen als sonst. Seine jugendliche, weiche Haut ist vom Alkohol gerötet. Wie immer sind seine Lippen leicht geöffnet.

Ich sehe zum Spinnennetz hinauf. Zum ersten Mal hat die Spinne ihren Platz verlassen. Sie sitzt nun auf der anderen Seite des Netzes, direkt über Onkel Schorschs linkem Ohr.

»Also?«, fragt er.
»Was, also?«
»Ihr wart zusammen hier oben?«
»Ich denke, es ist nichts dabei?«
»Ist es auch nicht. Ich will nur, dass du mir die Wahrheit sagst.«
Ich wende meinen Blick von der Spinne ab und sehe ihm in die Augen.
»Sagst du mir immer die Wahrheit?«, frage ich.
Das Lächeln verschwindet aus seinem Gesicht. Er sieht irritiert aus.
»Was soll das?«, fragt er. »Wovon redest du?«
»Von den Bildern meines Vaters. Hat er sie wirklich alle selbst verkauft?«
»Jetzt hör mir mal gut zu, mein Fräulein ...«
»Ja, ich höre. Hast du mir was zu sagen, Onkel Schorsch?«
»Ich stelle hier die Fragen!«
»Hast du die Bilder verkauft? Wolltest du damit dein Hotel finanzieren?«
Für einen Augenblick ist er sprachlos. Dann stößt er sich von der Wand ab und reißt mich hoch. »Du lehnst dich ganz schön weit aus dem Fenster«, sagt er. Er flüstert es mir ins Ohr.
Ich rieche seinen Atem und seinen Schweiß. Die Finger seiner linken Hand bohren sich in einen Riss in meinem Hemd.
»Warum ich?«, flüstere ich zurück. »Ich hab niemanden um sein Geld betrogen.«
»Ich auch nicht«, sagt er und drückt seine Finger fester in meine Schultern. »Aber vielleicht ...«
Mit seiner linken Hand hält er mich weiter fest. Währenddessen rutscht seine rechte über meinen Körper nach unten. Er geht in die Knie und führt seine Hand zwischen meine Beine. Als er sich wieder aufrichtet, hält er die Bibel vor mein Gesicht. Ich sehe die eingebrannten, narbenartigen Ornamente. Ich kann das Leder riechen.
»Vielleicht kannst du mir erklären, woher du die hast«, sagt er.
Ich bleibe stumm.
Seine linke Hand beginnt, meine Schulter zu kneten. Er schwitzt. Seine Finger gleiten über meine Haut, als hätte er sie eingeölt. »Nun sag schon!«
»Was soll das? Ich hab keine Ahnung, wie die Bibel hierher gekommen ist!«
»Erzähl keinen Mist! Ich hab dich oft genug hierher gehen sehen. Und Hannes auch. Hat er sie für dich geklaut?«
»Lass mich los!«

Er wirft die Bibel auf die Bank und fasst mich wieder mit beiden Händen an. Zuerst an den Schultern. Dann rutscht eine Hand hoch in meinen Nacken und vergräbt sich in meinem Haar. Er zieht ein wenig daran.
»Hast ihm ganz schön den Kopf verdreht, oder?«
»Du sollst mich loslassen, du Schwein!«
Er beachtet die Beleidigung nicht. »Ich kann ihn ja verstehen«, sagt er. Sein Blick irrt über mein Gesicht. »Aber was soll ich jetzt mit dir machen?«
»Lass mich einfach in Ruhe, verdammt!«
»Das würde ich ja gern, Clara. Aber ich bin jetzt dein Vormund. Ich muss dich doch erziehen. Ich kann so was doch nicht durchgehen lassen.«
Die Finger seiner rechten Hand schließen sich und ziehen dabei fester an meinen Haaren.
Ich muss den Kopf in den Nacken legen. Tränen schießen mir in die Augen. »Du tust mir weh«, sage ich.
»Ach ja? Weißt du was Besseres, das ich mit dir machen könnte?«
Als ich seine Lippen an meinem Hals spüre, trete ich zu. Ich hebe einfach mein Knie, so schnell ich kann. Zuerst sackt er nach vorn. Sein Kopf schlägt auf meine Brust, während seine Hände sich von mir lösen. Ich trete noch einmal zu, fester, weil ich jetzt mehr Platz zum Ausholen habe. Diesmal strecken sich seine Beine, sein Kopf schnellt zurück und stößt unter die Decke. Er presst eine Hand zwischen seine Beine. Mit der anderen hält er sich den Kopf und taumelt zurück gegen die Wand.
Links von mir ist keine Wand, dort führt die Leiter nach unten. Vier Meter abwärts und dann durch den Wald. So betrunken wie er ist, kann er mir nicht folgen. Erst recht nicht mit den Schmerzen, unter denen er jetzt leidet. Der Weg ist frei.
Doch ich will noch nicht gehen. Ich will nicht wieder zurückweichen, wie ich vor Hilke zurückgewichen bin. Jetzt fortzulaufen wäre nichts anderes, als sich tiefer in die Kissen zu drücken. Ich will weitermachen. Ich will weiter zutreten.
»Arschloch«, sage ich. Ich schreie nicht, ich sage es leise. Dazu trete ich ihm, so fest ich kann, gegen das linke Schienbein.
Er brüllt vor Schmerzen, flucht und streckt beide Arme nach mir aus. »Du Miststück!« Er hebt seinen linken Fuß und will einen Schritt auf mich zu machen. Doch bevor sein Fuß wieder den Boden berührt, trete ich sein Bein zur Seite. Onkel Schorsch dreht sich um neunzig Grad. Er stolpert und prallt mit der Schulter gegen die Wand links hinter mir.
Dann ist es ganz einfach. Diesmal trete ich mit der Schuhsohle in eine seiner Kniekehlen. Gleichzeitig stoße ich mit beiden Handflächen gegen

seinen Rücken. Er fällt über die Kante. Ich höre ein dumpfes Geräusch, als ob jemand in ein Kissen boxt.

Dann sehe ich nach unten. Seine Arme und Beine sind in merkwürdigen Winkeln vom Körper abgespreizt. Er hat einen Dreivierteüberschlag gemacht: Seine Füße weisen in den Wald. Sein Kopf liegt am Fuß der Leiter, auch er in einem ungewöhnlichen Winkel zum Rumpf.

Ich nehme die Bibel von der Bank. Mit den Fingerspitzen streiche ich über die Ornamente des Ledereinbands. Dann steige ich die Leiter hinab.

# Unter Deck

Der Wald hat seine Geräusche zurück. Ich weiß nicht, wann es geschehen ist. Das Buch unter dem Arm gehe ich den Weg entlang. Manchmal bleibe ich kurz stehen, um ein paar wilde Himbeeren zu pflücken. Ich stopfe mir gerade eine Hand voll in den Mund, als es mir auffällt. Vielleicht ist es schon länger zu hören. Vielleicht hat es bereits begonnen, als ich noch auf dem Hochsitz gestanden habe: Die Vögel singen.

Ihre Stimmen hallen zwischen den Bäumen wider. Helle, laute Rufe, nicht so, als drücke jemand die Vogelköpfe in Kissen. Im Gegenteil, es ist ein klarer, vielstimmiger Gesang. Jedes Tier hat sein eigenes Lied. Sie singen gleichzeitig, durcheinander, und doch stören sie einander nicht. Die verschiedenen Melodien ergänzen sich gegenseitig.

Ich kann sie nicht unterscheiden. Ich weiß nicht, wie der Ruf einer Amsel klingt. Ich habe keine Vorstellung vom Gezwitscher der Finken. Demnächst sollte ich mich einmal mit der Bestimmung von Vogelstimmen beschäftigen. Auch über Spinnen will ich mehr lernen. Die Biologie ist unerschöpflich. Man beginnt, sich mit einem ihrer Fachgebiete auseinanderzusetzen. Aber schon bald stößt man auf Verweise in andere Richtungen. Es dauert nicht lange, bis man lernt: Das Wasserglas, an dem man zu nippen glaubte, ist in Wahrheit ein See. Niemals wird man ihn austrinken können. Aber der Durst wird nicht nachlassen.

Alles, was ich über Vögel weiß, bezieht sich auf die Leistungen ihres Gehirns. Vögel besitzen ein besonders gut entwickeltes Kleinhirn. Wie beim Menschen steuert es die Bewegungen der Muskeln und ihre Koordination untereinander. Außerdem ist es für das räumliche Vorstellungsvermögen und den Gleichgewichtssinn verantwortlich.

Onkel Schorsch erinnerte mich manchmal an einen Vogel. Das lag vor allem an seinem Mund. An seinen stets ein wenig geöffneten Lippen. Vielleicht spielte auch sein jugendliches Aussehen eine Rolle. Jedenfalls musste ich bei seinem Anblick oft an hungrige Küken denken: Die Hälse gereckt, die Schnäbel aufgerissen sitzen sie im Nest. Sie tun nichts anderes, als sich die von den Eltern vorverdaute Nahrung einzuverleiben. Nur wer den Hals hoch genug reckt, nur wer den Schnabel weit genug aufreißt, überlebt.

Was die Leistungsfähigkeit seines Kleinhirns betrifft, unterschied sich Onkel Schorsch von einem Vogel. Denn um seinen Gleichgewichtssinn war es nicht besonders gut bestellt. Das zeigte sein Auftritt auf dem Hochsitz.

Ich werfe mir Himbeeren in den Mund und denke an das limbische System meines Onkels. Es hätte ihn vielleicht retten können. Schließlich steuert das limbische System das Kampf- und Fluchtverhalten. Ein Überleben in Konkurrenz zu anderen Lebewesen ist ohne limbisches System undenkbar. Gerade bei Onkel Schorsch mit seinem Kükenmund vermutete ich ein gut entwickeltes limbisches System. Sein Verhalten auf dem Hochsitz scheint diese Vermutung zu widerlegen. Vielleicht wurde ihm die Mehrfachbelastung seines limbischen Systems zum Verhängnis. Neben dem Kampf- und Fluchtverhalten ist es schließlich auch für den Sexualtrieb verantwortlich. Vielleicht war sein limbisches System mit der gleichzeitigen Bewältigung von zwei Aufgaben überfordert.

Auf mein eigenes limbisches System bin ich stolz. Ich habe auch allen Grund dazu. Meine Gefühle haben mein Kampfverhalten nicht beeinträchtigt. Meine Angst und mein bis zum Hass gesteigerter Zorn sind im limbischen System entstanden. Wie es aussieht, ist mein Gehirn im Unterschied zu dem meines Onkels eben keine Dutzendware. Ich frage mich, wann es sich zu dem entwickelt hat, was es ist. Hat die Zeit seit dem Tod meines Vaters dabei noch eine Rolle gespielt?

Ich trete unter den letzten Bäumen des Waldes hervor. Von der Geburtstagsfeier stehen noch immer die Tische aus Fichtenholz auf der Wiese. Der Schimmel grast am Zaun. Als ich näher an ihn herantrete, hebt er den Kopf. Seine dunklen Augen fixieren mich für einen Moment. Doch bald verliert er das Interesse an mir. Er senkt den Kopf wieder und frisst weiter.

Mein eigenes Gehirn – was weiß ich eigentlich darüber? Was ich zu glauben meine, beruht auf Tatsachen, die das menschliche Gehirn im Allgemeinen betreffen. Bei einem acht Wochen alten Embryo ist der Kopf halb so groß wie der gesamte Körper. Zunächst muss sich das Herz-Kreislauf-System stabilisieren. Danach entwickelt sich das Zentralnervensystem im Gegensatz zum übrigen Körper besonders schnell: Pro Sekunde entstehen zweihundertfünfzigtausend neue Nervenzellen. Nach der Geburt teilen sich diese Nervenzellen nie wieder. Der Mensch kommt mit einer maximalen Zahl von Nervenzellen zur Welt. Mehr wird er nie besitzen. Trotzdem wiegt sein Säuglingshirn nur ein Viertel des späteren Gewichts. Die drei übrigen Viertel der Gehirnmasse entstehen durch die Verknüpfung und Stabilisierung der Zellen untereinander. Wodurch aber werden diese Verknüpfungen ausgelöst? Einzig und allein durch lernen.

Ich lege die Bibel ins hohe Gras und kletterte neben dem Schimmel über den Zaun. Das Buch unter den Arm geklemmt gehe ich über die Wiese auf den Hof zu. Was, frage ich mich, habe ich in diesem Sommer gelernt? Wozu dienen die neuen Verknüpfungen, die meine Nervenzellen in den vergangenen Wochen eingegangen sind?

Im Grunde fallen mir nur zwei Dinge ein. Ich habe gelernt, jemanden so zu hassen, dass ich ihn in den Tod stürzen konnte. Das klingt gewaltiger, als es sich anfühlte. Es war doch ganz einfach. Die zweite Sache hat mir mehr Mühe bereitet: Farben und Pinsel so zu gebrauchen, dass man das Ergebnis als Malerei bezeichnen darf.

Aber muss da nicht noch mehr sein? Müssen sich in dieser Zeit nicht noch ein paar Nervenzellen mehr miteinander verbunden haben? Ich hoffe, dass ich außer Malen und Töten noch andere Dinge gelernt habe. Etwas, das der Zeit auf dem Hof vielleicht einen Sinn gibt. Doch entweder ist da nichts oder etwas blockiert mein Auffassungsvermögen. Das trockene Gras streicht um meine zerkratzten Beine, und mir fällt nichts mehr ein.

Vor der Staffelei, den Bewegungen des Pinsels hingegeben, habe ich alles jenseits der Leinwand vergessen. Manchmal habe ich dann geahnt, was mir mein bewusstes Denken nicht verrät. Auch jetzt könnte ich beim Malen vielleicht wieder diese tiefe Ruhe erreichen.

Doch das ist unmöglich, seitdem Hilke die Staffelei zerstört hat. Ohne sie geht es nun einmal nicht. Ich habe es ja probiert. Die Staffelei meines Vaters ist mehr als ein Gestell für die Leinwand. Sie ist genauso wichtig wie die Leinwand, genauso wichtig wie Farben und Pinsel. Ist sie vielleicht sogar wichtiger als die Malerei? Ich schiebe den Gedanken beiseite. Darauf kommt es nicht an. Von Bedeutung sind jetzt nur drei Fakten.

Erstens: Ich will malen.

Zweitens: Ich kann nicht ohne die Staffelei malen.

Drittens: Hilke hat die Staffelei zerstört.

Man muss die Fakten in dieser Art betrachten, um die Lösung eines Problems zu erkennen.

Als ich das Haus erreiche, schleiche ich zunächst in mein Zimmer hinauf. Über den Schrank klettere ich auf den Dachboden. Dort verstecke ich die Bibel. Dann steige ich die Treppe zu Hilkes Zimmer hinab. Mit jedem Schritt, mit jeder Stufe wächst meine Wut auf sie. Die Erinnerung daran, wie sie auf mich losgegangen ist, macht mir noch immer Angst. Doch diese Angst ist winzig neben meiner Wut.

Ich klopfe nicht an. Das Metall der Türklinke ist eiskalt. Ich frage mich, ob ich wieder Fieber bekomme.

Ich frage mich auch, was ich eigentlich von Hilke will. Sie hat die Staffelei zerstört, ohne die ich nicht malen kann. Das einzige Erinnerungsstück an meinen Vater, das mir etwas bedeutet. Soll sie die Holztrümmer wieder zusammensetzen? Soll ich sie notfalls mit Gewalt dazu zwingen? Vielleicht will ich nur das. Während ihre Zimmertür sich Zentimeter für Zentimeter öffnet, erinnere ich mich an den Hochsitz. Wie es sich angefühlt hat, meinen Onkel zu treten. Wie es sich angehört hat, ihn vor Schmerz stöhnen zu hören. Wie leicht es gewesen ist, ihn über die Kante zu stoßen. Wie es geklungen hat, als er unten aufgeschlagen ist.

Hilke sitzt vor ihrer Kommode. Es ist eine alte Frisierkommode mit einem ovalen Spiegel in der Mitte. Der Rahmen des Spiegels ist reich verziert: Schlingpflanzen und schlangenartige Fabeltiere umranken Hilkes Spiegelbild. Sie hat mich noch nicht bemerkt. In einer Hand hält sie eine Schere, in der anderen Strähnen ihres roten Haars. Es reicht ihr bis über die Schultern. Sie sieht neben den Spiegel, vergleicht die Haarlänge, schneidet ein paar Zentimeter ab. Die roten Strähnen fallen auf den weißen Stoff ihrer ärmellosen Bluse. Sie schneidet weiter, bis ihre Haarspitzen gerade noch die Schultern berühren. Sie geben den Blick frei auf die Kette aus blauen Edelsteinen. Dazu summt Hilke eine Melodie.

Ich kenne die Musik. Es war eines der Lieblingsstücke meiner Mutter. An kein anderes aus ihrem Repertoire erinnere ich mich. Sie spielte es täglich.

Ich kenne auch die Kette aus Lapislazuli.

Ich kenne Hilkes Frisur, deren Länge sie nach einem Blick neben den Spiegel erneut korrigiert.

Natürlich erkenne ich auch das Bild, das dort steht.

Ich vergleiche ihre Hände. Die sehnigen Hände meiner Mutter, ihre schmalen Finger. Besonders diese Hände hat mein Vater hervorgehoben. Sie bilden das Zentrum des Gemäldes. Ich erkenne, wie meinem Vater diese Fokussierung auf die Hände gelungen ist: Nicht allein die zentrale Position ist entscheidend. Vielmehr liegt es an den Farben. Vom Rand des Bildes bis zu seinem Zentrum werden sie beständig heller. Vom Holz des Flügels über den Körper meiner Mutter bis hin zu ihren Händen. Ihre Finger sind heller als die weißen Tasten des Klaviers. Sie scheinen wie das Licht am Ende eines Tunnels. Ich habe das Geheimnis des Gemäldes nie zuvor entdeckt.

Daneben Hilkes Hände: kurze Finger über klobigen Handballen. Bauernfinger, die versuchen, Hilkes Haar dem meiner Mutter anzugleichen.

Die schmale Schere wirkt fremd in diesen Fingern. Nimm eine Hacke oder eine Mistgabel, will ich ihr zurufen. Tu das, wovon du etwas verstehst!

Ich habe mich bewegt. Die Türklinke gleitet mir aus den Fingern und schlägt schnalzend zurück. Hilke bemerkt mich. Unsere Blicke treffen sich im Spiegel. Sie zuckt zusammen.

Ich trete einen Schritt näher. Mein Spiegelbild erhebt sich hinter ihrem. Ich sehe mein zerrissenes Hemd, meine zerrissene Hose, meine zerrissene Haut. Ich sehe meine Augen: groß und rot. Ich sehe Hilkes Augen. Sie sind so eng zusammengekniffen. Ich frage mich, ob sie mich mit diesem Blick überhaupt sehen kann. Schließt sie die Augen reflexartig? So, wie man es tut, wenn man einem Sturz oder Schlag nicht mehr entgehen kann?

Noch immer weiß ich nicht, was ich von Hilke will. Ich bin in ihr Zimmer gekommen, weil sie die Staffelei zerstört hat. Ich bin wütend gewesen. Sie ist die Ursache meiner Wut. Und bekanntlich kann man ein Problem nur beseitigen, wenn man es an seiner Wurzel packt. Jetzt bin ich noch wütender. Ich sehe Hilke in ihrem engen Rock und der weißen Bluse. Ich sehe die Kette meiner Mutter an ihrem Hals. Ich sehe die Schere, die dieser billigen Kopie den letzten Schliff geben soll. Daneben sehe ich das Original, das Gemälde meines Vaters, das ich so lange gesucht habe. Ich weiß nicht, worüber ich wütender bin: über den Diebstahl des Bildes und der Kette oder über Hilkes Unverfrorenheit. Beweist ihr plumper Nachahmungsversuch nicht eine unglaubliche Schamlosigkeit?

Während ich näher an sie herantrete, drängt sich ein Wort in mein Bewusstsein: Befleckung. Nur dieses eine Wort. Bei jedem Schritt. Befleckung. Das schlimmste Verbrechen, schlimmer als Mord. Hilke befleckt die Erinnerung an meine Mutter. Ihr Verhalten, ihr Aussehen entweiht das Porträt neben dem Spiegel.

Sie fährt auf ihrem Stuhl herum. Ihre Maulwurfsaugen öffnen sich ein wenig. Sie starrt in mein Gesicht. Dann wandert ihr Blick über meinen Körper, über meine zerrissene Haut und Kleidung.

»Wie siehst du aus?«, sind ihre ersten Worte.

»Wie siehst *du* aus, Hilke?«, frage ich.

Sie führt die rechte Hand an ihren Hals, bedeckt die Kette aus Lapislazuli. In der Hand hält sie die Schere. Zwischen den Fingern der anderen Hand hält sie noch immer eine Strähne ihres gefärbten Haars. Sie sagt nichts, aber sie atmet immer schneller. Ich sehe, wie sich ihre Brust unter der Handfläche auf und ab bewegt.

»Ich hab dich was gefragt«, sage ich. Jetzt stehe ich so dicht vor ihr, dass meine Schienbeine ihre Knie berühren.

»Was willst du von mir?«
»Was willst du mit der Kette meiner Mutter? Was willst du mit dem Bild?«
Ihre Stimme klingt selbstbewusster. »Du bist nicht die Richtige dafür«, sagt sie.
»Sie war meine Mutter! Die Sachen gehören mir!«
»Du bist nicht wie sie. Sie war elegant. Guck dich doch an!« Sie lässt ihr Haar los und reißt an einem Fetzen meines Hemdes. »Wie du aussiehst! Warst du wieder mit Hannes im Wald? Seid ihr auf Bäume geklettert?«
»Nimm die Kette ab!«
»Darauf kannst du lange warten!«
Ich schlage ihr ins Gesicht. »Gib mir sofort die Kette!«, schreie ich.
Sie kippt rückwärts gegen die Frisierkommode.
Die Kommode wackelt. Im Spiegel sehe ich unsere Gestalten zittern. Als würde eine Sekunde lang mein Gehirn das automatische Zittern meiner Augenmuskulatur nicht korrigieren.
Hilke springt auf und stößt dabei den Stuhl um. »Niemals!«, schreit sie zurück. »Du denkst, du wärst was Besseres! Du sagst, ich wäre öde und beschränkt!« Die Falten um ihren Mund sind so scharf wie die Schere in ihrer Hand. Ihr Gesicht ist ein einziger Schrei. »Weißt du, wer beschränkt ist? Du, Clara, du bist beschränkt! Du bist noch beschränkter als Hannes! Alle wissen das, und alle sagen es! Du bist nicht normal! Du schließt dich in deinem Zimmer ein und malst diese kranken Bilder! Du bist verrückt!«
»Was verstehst du schon von Bildern?«
»Genug, um zu wissen, dass du dieses hier nicht bekommst!« Mit der Schere deutet sie auf das Porträt neben dem Spiegel. »Weil du es nicht wert bist. Ich kann nicht glauben, dass du die Tochter dieser Frau bist.«
Wieder schlage ich ihr ins Gesicht. Ihr Hinterkopf prallt gegen den Spiegel. Halb sitzt sie, halb liegt sie jetzt auf der Kommode.
»Ja, das kannst du!«, brüllt sie. »Weil du keine Spur von Eleganz besitzt! Weißt du, wer die einzige rechtmäßige Erbin deiner Mutter ist? Ich, Clara, ich allein!«
Noch einmal schlage ich zu, doch ihr linker Arm wehrt den Schlag ab. »Sei ruhig«, sage ich und beuge mich über sie. Mit meinem gesamten Körpergewicht drücke ich gegen ihren erhobenen Arm. Er hindert mich daran, sie zu packen. »Du beschmutzt die Erinnerung an sie!«
»Ich?« Sie lacht. »Wer von uns beiden steht denn vor Dreck? Geh weg, mir wird schlecht, wenn ich dich rieche!«
Ich spüre ihre hochhackigen Schuhe in meinem Bauch. Sie schubst mich zurück, ich stolpere über den Stuhl und falle auf den Boden. Dann

sehe ich sie über mir stehen. Für ein paar Sekunden sind wir beide still. Dann beginnt sie plötzlich zu lächeln. In diesem Augenblick begreife ich, dass sie krank ist. Ich bin ein Fleck auf Hilkes Bild meiner Mutter. Ich bin ein Makel ihres Ideals. Und hier liege ich vor ihr auf dem Rücken wie ein Käfer im Dreck. Während ihr Lächeln sich entspannt, erkennt sie, dass sie den Makel beseitigen kann. Sie schließt die Finger zur Faust um die Schere.

Ich springe auf, stolpere erneut und pralle rückwärts gegen die Wand. Hilke setzt mir nach. Neben mir ist die geöffnete Tür. Die Schere stößt nach vorn. Ich springe zur Seite in den Türrahmen. Die Spitze der Schere bohrt sich in die Wand.

»Du Stück Dreck«, höre ich sie hinter mir sagen. Sie schreit nicht mehr, sie flüstert fast. »Bleib stehen.«

Jemand versperrt mir den Weg in den Flur. »Hilke!«, höre ich eine Stimme sagen. In meiner Erregung erkenne ich weder die Stimme noch die Gestalt. Ich weiß nur, dass mir jemand den Fluchtweg versperrt. Rasch drehe ich mich wieder zu Hilke um. Diese Bewegung rettet mich. Ihr Arm streift mich nur, die Schere stößt an mir vorbei. Hilkes Ellenbogen trifft meine Rippen und wirft mich zurück.

Die Gestalt vor der Tür fängt mich auf. In ihren Armen fahre ich erneut herum und erkenne Tante Hella. Hinter ihr steht Gesine im Flur. »Hilke, nein!«, ruft sie.

Ich halte mich an den Schultern meiner Tante fest. Ihre Augen sind weit aufgerissen. Ein solches Blau brauche ich zum Malen. Für das Wasser, für den Regen. Ich verliere mich in ihren Augen. Dann bricht sie vor mir zusammen. Da ich mich noch immer an ihre Schultern klammere, reißt mich ihr Körper mit. Gemeinsam stürzen wir zu Boden. Ich liege auf meiner Tante, und etwas Hartes, Kaltes drückt gegen meinen Bauch. Die Fetzen meines Hemdes beginnen, eine warme Flüssigkeit aufzusaugen.

Hier sind alle nett zu mir. Schon am ersten Tag hat mir Tom einen Skizzenblock, Bleistifte verschiedener Stärken und Malkreiden geschenkt. Tom sieht gut aus. Ich habe ihn gezeichnet: seine dunklen Augen und das struppige Haar. Am Abend habe ich ihm das Bild gegeben. Er hat gesagt, so ein Geschenk habe er noch nie bekommen. Ich habe ihm nicht verraten, dass es nur eine erste Skizze ist. Die gelungenere Version seines Porträts bewahre ich in der Schublade meines Nachtschranks auf.

Sicher war es nicht Toms Idee, mir die Zeichensachen zu schenken. Ich glaube, er weiß nicht viel über mich. Wahrscheinlich hat Leonie ihm die

Stifte, die Kreiden und den Block gegeben. Aber das macht nichts. Für mich bleiben sie ein Geschenk Toms.

Doktor Winterstein war einverstanden, dass ich Leonie und ihre Eltern auf ihrer Reise begleite. Er ist mein Therapeut. Gleichzeitig ist er auch mein neuer gesetzlicher Vormund. Er findet das praktisch. Ich nicht. Ich brauche keinen Therapeuten. In ein paar Monaten, wenn ich achtzehn bin, werde ich ihm das sagen. So lange werde ich ihm das Gefühl geben, dankbar für seine Hilfe zu sein. So lange werde ich mich »kooperativ zeigen«, wie er es nennt. Warum auch nicht? Er ist ein netter Mann, und mit irgendetwas muss er schließlich sein Geld verdienen. Ohnehin werden wir uns erst in ein paar Wochen wiedersehen.

Dass Doktor Winterstein seine Einwilligung zu der Reise gegeben hat, rechne ich ihm hoch an. Er hat gesagt: »Die geographische Distanz wird dir auch psychischen Abstand ermöglichen – Abstand von den Ereignissen dieses Sommers. Du bist ein intelligentes Mädchen, Clara. Ich weiß, dass du es schaffst!«

Wahrscheinlich glaubt er, mit solchen Sätzen mein Selbstbewusstsein zu stärken. Ich glaube, ich bin schon selbstbewusst genug.

Wenn ich mit Leonie und ihren Eltern nach Deutschland zurückkehre, wird er wieder mit mir sprechen wollen. Über all das, was mit dem Tod meines Vaters begann und mit Tante Hellas Tod endete. Allerdings drückt er sich anders aus. Er meint, für mich müsse alles schon viel früher begonnen haben. Und es sei noch längst nicht vorbei. Ich widerspreche ihm nicht. Ich versuche nur, unsere Gespräche auf andere Themen zu lenken. Doktor Winterstein ist unter anderem Neurologe. Wie gern würde ich mich mit ihm über die Leistungen des Gehirns unterhalten. Nicht über die meines eigenen Gehirns. Ich würde gern über die Verarbeitung von Informationen und über die Arbeitsteilung der Hirnhälften sprechen. Ich möchte über die Prägung des Gehirns durch Evolution, Zivilisation, Kultur und persönliche Erfahrungen sprechen. Aber niemals geht er auf mein Drängen ein. Höchstens über den letzten Punkt – die Rolle individueller Erfahrungen für die Entwicklung von Gehirn und Persönlichkeit – will er reden. Und auch dann will er nur ein Fallbeispiel zulassen: mich selbst. Ich lasse ihm diese Freude. Ein paar Monate noch.

Doch vorher werde ich mir selbst eine Freude bereiten. Ich bin schon dabei. Schon seit wir in Bremerhaven an Bord gegangen sind. Doktor Winterstein hat uns zum Kai begleitet. Nach dem Ablegen winkten wir einander zu. Ich bin mit Leonie an der Reling stehen geblieben, bis seine Gestalt in der Menge verschwunden ist. Während der ersten Tage war es noch trocken. Seitdem wir aber den Ärmelkanal hinter uns gelassen haben, regnet es immer wieder. An manchen Tagen regnet es so stark, dass außer mir keiner der Passagiere an Deck geht. Tom schimpft dann mit mir und versucht, mich herein ins Trockene zu ziehen. Er sagt, wenn ich bei diesem Wetter an der Reling stehe, bekomme ich eine Lungenentzündung. Er versteht nicht, warum ich den Regen liebe.

An solchen Tagen lasse ich mich von ihm unter Deck in meine Kabine zerren. Den Skizzenblock auf den Knien sitze ich dann auf meinem Bett. Durch das kleine Fenster sehe ich den Wellen zu. Ich habe schon etliche Bilder der Wellen und des Regens gezeichnet. Im nächsten Hafen – Tanger, an der Nordwestspitze Afrikas – werde ich mir neues Papier besorgen müssen. Zeichnen kann ich gut. Es fällt mir leichter als das Malen mit Ölfarben. Nuancen, die mir mit Öl nie gelingen wollten, sind mit Kreide oder Bleistift kein Problem. Ich konzentriere mich auf die feinen Spiegelungen des Wassers in sich selbst.

Wenn meine Hand müde wird, lege ich den Stift beiseite und blättere in dem Skizzenblock. Eine meiner ersten Zeichnungen ist ein Porträt meiner Mutter. Ich habe versucht, das Gemälde meines Vaters aus der Erinnerung abzuzeichnen. Natürlich gehört mir das Gemälde heute. Wie auch die Lapislazulikette, die ich täglich trage. Es gab eine Untersuchung, bei der Onkel Schorschs Betrug aufgedeckt wurde. Das Geld meiner Mutter hatte mein Vater tatsächlich verbraucht. Auch seinen Anteil am Hof hatte er schon vor Jahren verkauft. So weit hatte Onkel Schorsch mich nicht belogen. Die Bilder aber hatte er zu seinen eigenen Gunsten versteigern lassen. Begonnen hatte er damit, als mein Vater nicht mehr aus dem Bett aufgestanden war. Der Erlös aus dem Verkauf der Gemälde gehört jetzt mir. Bis zu meiner Volljährigkeit verwaltet Doktor Winterstein mein Vermögen.

Doktor Winterstein kennt auch die psychiatrische Anstalt, in der Hilke jetzt lebt. Er war bei einigen ihrer Untersuchungen dabei. Er sagt, sie sei ruhig und wirke beinahe normal. Aggressiv werde sie erst, wenn jemand ihr auszureden versuche, dass sie Pianistin sei. In diesen Momenten jedoch seien die kräftigsten Pfleger nötig, um sie zu bändigen. Ob sie irgendwann wieder außerhalb der Anstalt leben dürfe, lasse sich nur schwer beurteilen.

Ich habe Hilke gezeichnet. Sie hält die Augen geschlossen und greift mit unzähligen Händen um sich. Die Arme, an denen sich diese Hände befinden, wachsen überall aus ihr heraus. Aber da ist nichts, was sie greifen könnten. Manchmal denke ich an das, was Hilke über meinen eigenen Geisteszustand gesagt hat: dass ich nicht normal sei, dass ich verrückt sei, und dass alle dieser Meinung seien. Nun, Doktor Winterstein denkt zumindest, dass ich Hilfe brauche. Ich selbst habe nichts dagegen, nicht normal zu sein. Aber von uns beiden ist nun einmal Hilke diejenige, die in der Anstalt sitzt. Ich denke, nur das zählt am Ende.

Kurz vor der Zeichnung von Hilke gibt es in meinem Block ein Bild von Hannes. Bei ihm habe ich nicht so fantastische Dinge wie Hilkes Arme gezeichnet. Ich habe mich bemüht, ihn so realistisch wie möglich abzubilden: Er streckt dem Betrachter seine geöffnete Hand entgegen.

Ich denke oft an Hannes. Er lebt und arbeitet jetzt auf dem Hof von Gesines Schwester. Sie ist ihm noch immer dankbar für die Rettung ihres Sohnes vor dem Ertrinken. Ich bin mir sicher, dass er es schafft, nichts von der Schaufel zu erzählen. Bei unserem Abschied habe ich ihm eingeschärft, es sei seine Pflicht, den Mund zu halten. »Du schuldest es dir selbst, Hannes«, habe ich gesagt. Ich weiß nicht, ob er mich verstanden hat, doch ich verlasse mich auf sein Pflichtbewusstsein.

Auch Onkel Schorsch habe ich gezeichnet. Mehrmals. Auch ihn realistisch. Es ist eine Serie von Zeichnungen desselben Motivs aus verschiedenen Perspektiven: sein Körper auf dem Waldboden vor dem Hochsitz. Die merkwürdig abgewinkelten Gliedmaßen. Der verrenkte Hals. Der geöffnete Mund.

Die Ermittlungen waren schnell abgeschlossen, nachdem der Alkoholgehalt in seinem Blut festgestellt worden war. Ein Unfall, hieß es, er sei betrunken vom Hochsitz gestürzt. In einem Boulevardblatt wurde über das auffällige Zusammentreffen der Todesfälle spekuliert. Doch das Interesse der Journalisten überdauerte das Sommerloch nicht. Auf mich fiel niemals ein Verdacht.

Damit das so bleibt, halte ich die Zeichnungen seines leblosen Körpers versteckt. Weder Leonie noch Tom dürfen sie sehen. Ich bewahre sie zusammen mit dem Brief auf, den ich zwischen meinen bemalten Leinwänden gefunden habe. Mit schwarzer Tinte steht darin geschrieben:

*Clara!*
*Noch bevor alle anfingen, nach dem Jungen zu suchen, habe ich dich mit Hannes aus der Scheune rennen sehen. Ich weiß nicht, was dort passiert ist. Ich kann nur Vermutungen anstellen.*
*Aber es ist nicht wichtig, was ich vermute. Wichtig ist nur, was die Polizei dort findet. Weil Hannes mir wichtig ist. Du, Clara, bist mir nicht mehr wichtig. Das weißt du schon, und du weißt auch warum. Ich schreibe dir diese Zeilen nur, um dich wissen zu lassen, dass die Spuren, die ihr in der Scheune hinterlassen habt, beseitigt sind.*

*Ich hoffe, das genügt. Und ich hoffe, es wird dich so weit beruhigen, dass du vor der Polizei die Nerven behältst. Ich wiederhole: Es geht mir nicht um dich. Es geht mir einzig und allein um meinen Sohn.*

Von der ersten polizeilichen Untersuchung an gab es also keinen Blutfleck auf dem Torbalken. Tante Hella hatte ihn entfernt. Ich kann mir vorstellen, wie sie mit dem Scheuerlappen das Holz bearbeitete. Danach führte sie die Leute zu dem toten Jungen in die Pferdebox. Wann sie den Brief zwischen die Leinwände steckte, weiß ich nicht. Vermutlich in der Nacht, als sie in meinem Zimmer herumschlich, während ich mich schlafend stellte.

Heute ist die See ruhig. Eben habe ich an Leonies Kabinentür geklopft, aber sie schläft wohl noch. Ich werde meine Zeichensachen nehmen und aufs Achterdeck gehen. Tom hat dort Dienst. Ich will ein weiteres Porträt von ihm zeichnen. Ich sehe bereits, wie er sich in seiner weißen Stewarduniform an die Reling lehnt. Vielleicht lehne ich mich aber auch selbst daran und schaue einfach nur nach unten. Ich sehe gern, wie die Schiffsschraube das Wasser aufwirbelt.

# Inhalt

Unter dunklem Holz .................................. 7

Unterm Spinnennetz ................................. 20

Unter Wasser .......................................... 32

Unter Verwandten .................................... 42

Unter die Hufe ........................................ 54

Unter ihren Augen .................................... 66

Unter Tränen .......................................... 78

Unter Wolken ......................................... 89

Unter Deck ............................................ 98